JN012513

「キミの名前はクーだよ。クーちゃん」
「♪！」
名を呼ばれるとじわじわと嬉しさがこみ上げてきたらしく、
笑顔になった妖精ちゃん改め
クーが空中に飛び上がってくるくると舞い踊る。
その際に彼女が上げた声は、
声というより音であった。
クー
ケーナ
ロクシリウス
ルカ
「え？」
「あ……」
「……？」
何もない空間にどこからともなく湧いて出た輝く光の粒が結集し、
妖精の姿を形作る。神秘の光景という他ない。
その瞬間を目撃したロクシーヌとロクシリウス、
それとルカは不思議現象に目を見張った。
ロクシーヌ

「ふ、この程度で
相手になると
思っているの？」
「ひょっひょっひょっ、運がないのう。
この局面で出会うとはのう。
違うところで出逢えておれば
もう少し趣向の凝った催しに加えて
悦ばせてやったものを」
「いやー、
それは遠慮したいなー。
寧ろここで
私に会ったのが
運の尽きと
言うべきでしょう」

リアデイルの大地にて 5

WORLD OF LEADALE

【著】Ceez

【イラスト】てんまそ

WORLD OF LEADALE CONTENTS

Illust. てんまそ

これまでのあらすじ

各務桂菜（かがみけいな）は大事故に遭い、奇跡的に生還するもその身は二度と自由に振る舞えることはなかった。寝たきりになった彼女の楽しみは、従姉妹（いとこ）のお見舞いとVRゲームで遊ぶこと。動けぬ身となってあり余る時間をVRMMOに注ぎ込んだ結果、彼女はゲームの中で廃人トッププレイヤーとなっていたのである。

そんな彼女だったがある日、停電により生命維持装置に異常をきたし、VRMMOリアデイルのプレイ中に命を落としてしまう。

だが、その次に彼女が目を覚ました場所は、見知らぬ宿屋の一室。そして自分の姿がゲームのアバターであることを認識するに至る。

宿屋の女将（おかみ）マレールと娘のリットとの交流により、桂菜は現在自分のいる場所がゲームが行われていた頃から、二〇〇年もの時を経た時代であることを知り、愕然（がくぜん）とする。

ゲームの時代に七つあった国は滅び、現在のリアデイル大陸は三つの国が治めているという。

桂菜は改めてアバターのケーナとして生きていく道を選ぶ。村に貢献しながら自身の持つ力を確認し、いつかプレイヤーたちとも出逢（であ）えたらいいなという思いを抱いていた。

スキルマスターとして自分の担当する塔に足を運んだケーナは、守護者の壁画から他の一二

「キミの名前はクーだよ。クーちゃん」
「♪！」
名を呼ばれるとじわじわと嬉しさがこみ上げてきたらしく、
笑顔になった妖精ちゃん改め
クーが空中に飛び上がってくるくると舞い踊る。
その際に彼女が上げた声は、
声というより音であった。
ケーナ

「いやー、
それは遠慮したいなー。
寧ろここで
私に会ったのが
運の尽きと
言うべきでしょう」

「え？」
「あ……」
「……？」
何もない空間にどこからともなく湧いて出た輝く光の粒が結集し、
妖精の姿を形作る。神秘の光景という他ない。
その瞬間を目撃したロクシーヌとロクシリウス、
それとルカは不思議現象に目を見張った。
『ロク
『ロクシーヌ』

「ふ、この程度で
相手になると
思っているの？」
「ひょっひょっひょっ、運がないのぅ。
この局面で出会うとはのぅ。
違うところで出逢えておれば
もう少し趣向の凝った催しに加えて
悦ばせてやったものを」

クー
シリウス
ルカ

塔との繋がりが絶たれていると聞く。そして村を出て世界を巡ろうと決心する。

時を同じくして村を訪れていた商人のエーリネと、その護衛の傭兵団を率いるアービタと出会い、ケーナは彼らに同行して大陸の中央部の国フェルスケイロを訪れた。

そこで出会えたのは、かつて里子として解き放ったサブキャラクターたち。養子のドワーフ族のカータツと娘のエルフ族のマイマイと、長兄のエルフ族のスカルゴであった。

碌な心構えもないまま、いきなり三人の子持ちとなったケーナは戸惑う。一部妙なスキルを使いこなし、国のトップに組み込まれていた長兄のエルフ族スカルゴに翻弄されたりもするが、ケーナを母親と慕う子供たちの真摯な思いに応えようと努力するのであった。

そしてフェルスケイロにあった闘技場が守護者の塔の一つと判明する。だが判明したのはそれだけでなく、この時代はVRMMOリアデイルのサービスが終了した後の世界だということだ。

そのことにショックを受けたケーナであったが、自暴自棄に陥ったところで子供たちとの絆を確かめて、へこたれている場合ではないと気付くのだった。

エーリネから北の国ヘルシュペルまでの護衛仕事を受けたケーナは、久しぶりに戻ることになった辺境の村で異変が起きていることを聞く。

その異変はどこからともなく地下水脈に迷い込んだ、人魚のミミリィによるものだった。ケーナは異変を解決した依頼料を対価に、ミミリィを村の共同浴場に住まわせることにする。

次にヘルシュペルとの国境では、西の通商路で暴れている盗賊の一部がここを占拠。それと戦闘になるが、難なくこれを退治するのだった。

ヘルシュペルの王都に辿(たど)り着いたケーナは、娘より託された手紙の配達で大陸随一の商会「界屋(さかいや)」へ赴(おもむ)く。そしてそこの創始者のケイリックと出会う。

彼が実はマイマイの息子で、ケーナの孫だという衝撃の事実に、さすがの彼女も卒倒しかけることとなる。些細(ささい)な行き違いから、孫との仲に亀裂(きれつ)が生じてしまうが、その後で騎士団に所属するケイリックの双子の姉のケイリナから謝罪をされ、ケーナの困惑は更に深まる。

しかしエーリネからの情報で、目を付けていた守護者の塔らしきものが大陸の西側を席巻(せっけん)する盗賊団の縄張りにあることを知り、ケーナはケイリックに繋ぎを取って協力してもらい、殴り込む準備を進めていく。

ケイリナの窮地を救って強引に騎士団の囲いを突破したケーナは、盗賊団を率いていたのが魔人族のプレイヤーだったことに驚く。

だが自己中心的な考え方と傍若無人な振る舞いに激怒したケーナは、彼に戦いを挑む。

全てを知り尽くし、レベルも遙(はる)かに上回るスキルマスターに一介のプレイヤーが敵(かな)うはずもない。ケーナはかのプレイヤーをあと一歩まで追い詰めるが、介入してきた騎士団に捕獲を許すことになる。

ＧＭ(ゲームマスター)に匹敵するケーナの権限によりその能力を一〇分の一に落とされた魔人族のプレイヤ

ーは、怨嗟(えんさ)の声を上げながら騎士団に連行されていくのであった。

そして目当ての守護者の塔を起動させてみれば、そこの担当のスキルマスターがかつての悪友兼ギルドメンバーのオペケッテンシュルトハイマー・クロステッドボンバー、略してオプスだったと知る。

守護者に託された本からは小さな妖精ちゃんが現れ、以降ケーナに同行することとなる。ケーナはこの妖精ちゃんこそが、オプスに通じるキーになることを漠然と感じるのだった。

ケーナは盗賊を討伐して得た報酬などをミミリィのために投資しようとするも、帰りに訪れた辺境の村ではリットの提案により、彼女は洗濯業の仕事を確立させつつあった。

フェルスケイロに戻ったケーナは、冒険者ギルドの依頼を受けた後に、宰相の娘ロンティとその友人のマイと出会う。

家出してきたというマイを匿(かくま)うため、ケーナは依頼仕事に二人を同行させるという奇妙な状態を楽しむのだった。

同じ頃、フェルスケイロの学園ではマイマイの夫であるロプスが、失敗作をゴミ穴に捨てたところで、そこからキメラ怪獣が現れて街が大混乱に陥った。

ゴミ穴だったところはかつて七国だった頃の、白国と翠国の争奪ポイントであり、偶然にもロプスが捨てた失敗作にキメラ怪獣を顕現させる要素が揃(そろ)っていたのである。

マイこと第一王女マイリーネを捜索していた騎士団長の竜人族(ドラゴイド)シャイニングセイバーは、冒険者となっていたコーラルと再会を果たす。
実は彼らはプレイヤーで、スキルマスター№9京太郎をギルドマスターとするギルド〝銀月の騎馬〟の仲間だったのだ。再会の挨拶もそこそこに、プレイヤーの義務としてキメラ怪獣と相対する二人。

しかし本来の狩り方をするには人数が足りず、あっという間に二人は窮地に陥ってしまう。その時、以心伝心に割り込んだ謎のメッセージによりカータツが母親を呼びにフェルスケイロを離れる。嫌な予感を感じたケーナが超特急で帰還してカータツと合流。大規模魔法によるゴリ押しでキメラ怪獣は退治されたのであった。

改めてシャイニングセイバーたちと友誼(ゆうぎ)を結んだケーナは、コーラルから海底に眠る竜宮城の話を聞く。そこが守護者の塔だと確信したケーナは、盗賊団の残党討伐に赴く騎士団に同行することにした。

一度辺境の村に戻ったケーナは、オウタロクエスから訪れていた調査団の面々と邂逅(かいこう)する。そのメンバーの一人であるクロフィアという猫人族(ワーキャット)女性と諍(いさか)いになるも、これを下す。

彼女の兄であるクロフから彼らが密偵であると打ち明けられたケーナは、オウタロクエス国を治めているのがサハラシェード女王というハイエルフ族だと知らされる。

なんと女王はハイエルフコミュニティでの妹分の里子、ケーナの姪(めい)だというのだ。立て続けに出会う権力者という権力者たちがケーナの血縁関係だということに困惑するケーナだった。

騎士団に同行しようとしたケーナはちょっとした誤解から、シャイニングセイバーの婚約者として騎士たちに認識されてしまう。

途中で騎士団と別れたケーナは、竜宮城が目撃された漁村に足を踏み入れるが、なんとそこは不穏な空気が立ち込め、ゾンビやグールが闊歩（かっぽ）する死の村となっていた。

ケーナは、調査で村を訪れていたヘルシュペルの冒険者クオルケによって保護されていた、生き残りの少女と合流を果たす。

そこで出会った冒険者の竜人族（ドラゴイド）エクシズは、かつて所属していたギルドメンバーの一人、タルタロスの別アカウントキャラクターだということが判明する。

生き残りの少女をケーナの召喚猫耳執事に任せ、三人は力を合わせて原因の海賊船を滅して、ゾンビになった人々の魂を解放するのであった。

生き残りの少女ルカを引き取ることにしたケーナは、彼女のために辺境の村に本拠地を作ることに決めた。もう一人の召喚猫耳メイドも増えて、愉快な道中には苦笑するばかり。

犬猿の仲の執事のロクシリウスとメイドのロクシーヌを加え、辺境の村に家を建ててルカと共に家族生活をスタートさせるのだった。

ケーナはリットを兼ねてからの約束通り、空の遊覧飛行へと誘う。同行するのは村に三人しかいない子供たちである。ケーナの義娘であるルカに、宿屋の娘のリットに、工務店の息子であるラテム。

気持ちよく遊覧飛行を満喫していると、エーリネの隊商が魔物に襲われている場面を目撃する。

襲撃していた魔物を撃退したケーナは、村の近辺にゲームだった頃のイベントモンスターが潜伏していることを知らされる。

アービタ率いる傭兵団と協力して、これを撃破するのだった。

同時刻に花冠を作るために子供たちが村を抜け出す。その先で魔物に襲われそうになり、絶体絶命のピンチに陥った、かに見えた。

だが、ケーナがルカに持たせていたペンダントからレベル九九〇のホワイトドラゴンが出現し、魔物を退ける。残ったのは、大地に刻まれた亀裂のようなブレス跡である。

轟音(ごうおん)により急いで村に帰還したケーナは、ルカの無事を確認すると彼女を抱きしめて号泣するのだった。

生活に必要なものを求めて堺屋に飛んだケーナは、冒険者ギルドからの依頼を受けてやってきたコーラルのパーティと出会い、曾孫(ひまご)である若旦那のイヅークを紹介する。

国境で二国対談があるとケイリックに情報を貰(もら)い、辺境の村に戻ったケーナの前には息子のスカルゴが現れる。彼は王の名代として会談に参加するために、一時辺境の村に寄ったのであった。

ケーナはロクシリウスと共に村の防備を強化する中、村長からこの村がハーヴェイ男爵家の領地であると知る。その貴族はケーナの娘であるマイマイが嫁入りした家でもあった。

生活に足りない物を買い出しに行こうと思ったケーナは、社会見学のためにルカとリットを連れていくことにする。ちょうど村を訪れていたエーリネの隊商に同行して、御者なしのゴーレム馬車の使い心地を試すのであった。

だが、そのゴーレム馬車のせいで、厄介な貴族から目を付けられているとエーリネから知らされ、ロクシーヌに注意を促しつつ、ケーナたちはフェルスケイロへ到着する。

運がいいのか悪いのか。フェルスケイロは川祭りという一大イベントの真っ最中だった。

だがエッジド大河に大きな影が現れた、という噂が流れたせいで本祭に待ったが掛けられている状態であった。ケーナは冒険者ギルドからの要請により、この案件に手を出すこととなる。

宿不足のフェルスケイロだったが、エーリネに売買用の家を貸し出してもらい子供たちと住み始める。

メイドのロクシーヌと召喚獣に子供たちを任せ、ケーナは大河を調べに出かける。

その最中に街の闇組織が貴族の依頼を受け、ケーナの関係者を人質に取るべく動き始めていた。

主の留守中に子供たちを連れて街中を巡っていたロクシーヌは、後ろ暗い男たちが強硬手段を取りつつあるのに気付き、騒ぎを起こさないよう自然な対応で彼らを無力化する。

たかがメイドと子供と高をくくっていた闇組織の者たちは、大打撃を受け逃げ帰る。

しかしアジトへ戻った彼らの下には、ある筋から恐ろしい悪魔たちが派遣されて来た。恐怖と暴力に屈した彼らは、その命を弄ばれる側に回ることとなる。

翌日騎士団は、変わり果てた姿になった闇組織の者たちを発見する。人を人とも思わない悪魔の仕業によるものと知り、街中の警戒を強めるのだった。

その頃ケーナは、闘技場の守護者からの情報により、大河に現れた影が別の守護者の塔だと知る。

スキルマスター№1の守護者の塔とは、移動型の巨大な白鯨の形状をしていた。

移動型守護者の塔をひとところに留めておくために、ケーナは騎士団や王女に協力を依頼し、市民に対して一芝居打つことになる。

その作戦とは、白鯨守護者の塔を神に見立てて大河に滞在してもらい、見世物として観光業の役に立てるというとんでもない提案だった。

顔パスで城門を通れるマイマイにも手伝ってもらい、ケーナは騎士団に赴いて協力を打診してみる。何故(なぜ)かあっさりと賛同が得られ、カータツに無茶ぶりを飛ばしつつ、準備に駆け回る協力者たち。

お芝居を実行したところそれは大成功に終わり、白鯨の守護者の塔は中洲(なかす)の上流位置に留まることになった。

そしてようやく本祭が始まり、街が超ド級のお祭り騒ぎに賑(にぎ)わうこととなる。

子供たちと楽しく祭りを回るケーナだったが、学院に立ち寄った時に上から目線な貴族の子息に絡まれることになった。

アースゴーレムをけしかけられたので、ロックゴーレムでこれを粉砕する。

そして祭りの一番の目玉だった小舟レースが、水神様と呼ばれるようになった白鯨の守護者の塔のせいで中止になったと聞く。

祭りも終わりに近づいた時、あの手この手でケーナに手を出そうとした貴族は、密告者によってその企(たくら)みを暴露されることとなる。

王により裁かれ、降格刑に処された貴族は悔しさで自暴自棄となった。

そこに現れたのは密告者のフリをした魔人族である。彼は悪魔たちを率いて貴族を罠(わな)に嵌(は)めたことを笑い、コイントスで彼の処刑を決めるのであった。

辺境に帰る前にケーナたちは、今回のことと家を建てる時に購入した材木の礼を言いに、カータツのところへ寄る。

子供たちが造船の様子を見ている間にケーナは釣りをすることにしたのだが、これが爆釣に次ぐ爆釣で、しまいにはキメラっぽい魔物までをも釣り上げてしまう。

その魔物は白鯨の影が目撃される以前に目撃されていた、騒動の発端だった。

ケーナがこれを倒すとレア鉱石を落としたことにより、このキメラ魔物もどこかの争奪ポイント産であることが分かった。

諸々に別れを告げて帰路に就いたケーナは、途中でスカルゴと会ったりコーラルと会ったりする。

コーラルからリアデイルのゲームシステムの不思議と廃都(はいと)の存在を知らされたケーナは、オプスの捜索意欲を高めるのであった。

村に帰り着くと、何故かロクシリウスに土下座で出迎えられ、一枚のメモを渡される。

そこには「名付けよ」という一文が書かれていた。

プロローグ

フェルスケイロから西に馬車で二日ほど移動したところで、隊商が野営していた。

といってもついさっき準備を始めたばかりである。空が赤く染まるにはまだ少し時間がかかるだろう。

とはいえ自衛のために小規模の商人が何人か集まって出来た隊商である。

大店(おおだな)のように部下を多く引き連れているわけでもないので、野営の準備は自分たちで行わなければならない。

それを護衛するのは冒険者のパーティが三つ。計一五人の冒険者たちがパーティ毎(ごと)に分かれて索敵や休憩、迎撃などを担当していた。

つい先日まで大陸西側から北側へ向かう街道は、盗賊が横行していたため閉鎖されていた。だが二国から派遣された騎士団によって、盗賊たちは壊滅したという情報が広まっている。

もちろんその陰で、首領がある冒険者によって生け捕りにされた、という情報は一般には秘(ひ)匿(とく)されていた。金を利かせれば、義理堅い商人は口が堅いのだ。

街道が安全になったため海岸沿いの漁村相手に商売を行ったり、魚を仕入れたりする商人たちが集まった隊商だが、ようやく再開できた仕事に安堵(あんど)の息を吐く者は多かった。

一方、護衛を受けた冒険者たちの顔色は悪い。

一応顔色に関しても依頼主に知られたら、道中が安全でないかもしれないなどの疑いを受けるため、不安を隠してはいる。

それにようやく訪れた先行きの見える商売のことなのだ。ここで依頼主たちを危険に晒すわけにはいかないと、冒険者たちも警戒を強めていた。

「あれから妙な変化は見られないか？」

「今のところは」

神妙な顔を突き合わせるのは各パーティのリーダーだ。

隊商の者たちは気付かなかったが、彼らは進行方向を警戒していたためその異常をはっきりと視認したのである。

「空が歪んでいたなあ」

「ああ、長年この仕事をやっているが、あんな現象は初めて見たぜ」

「歪んだっていうか、空の一部に光の線が走ったように見えもしたがな」

「「なんだったんだろうな、あれ……」」

色々な経験をしてきた彼らの目にも、その現象は随分と奇異に映ったようだ。

空が一瞬窓のような光の映し方をして震えたのは、おそらくこの世界の何処に行っても見ることはできないだろう。

貴族だけが持ちうる全面ガラスで出来た温室の中にいて、外から強風を叩きつけられたら同じようなことは起こるかもしれないが。

「それに、……斥候が戻ってくるのが遅すぎる」

一人が組んだ腕を力強く握りしめる。不安をそれで晴らすように。悪い予感が現実のものではないと、思いこむために。

彼らで話し合い、一番腕が立つ者を様子見に行かせたのだ。

当人は軽い調子で「俺に万事任せておけ！」と出かけていったのである。ただその陽気な顔がこの場にないことが、彼のパーティの雰囲気を暗いものにさせていた。

「あいつは信頼できるんだろう？」

「……ああ」

「なら暗い顔していないで、そいつが戻ってきたら……」

元気付けようと発した言葉は途中で途切れる。

斥候が様子を探りに行った森から、背筋を凍らせるような気配を感じたからだ。

その場にいた冒険者たちは誰もが目を細めると、森へ向かって武器(えもの)を構える。

心臓が早鐘のように鼓動を激しくし、全身からはじっとりとした嫌な汗がにじむ。

場所はそう近くはないが、聞こえてくるのは明らかに小枝どころではないモノを踏み壊す荒々しい足音だ。木がへし折れるような音も感じられるところから、相手は巨体を持つ獣か何かだろう。

ホーンベアか、それともそれに匹敵する凶暴な魔獣か。

我に返った仲間の一人が、慌てて隊商の方へ走っていく。野営の準備を始めたばかりだが隊商の護衛である以上、優先されるのはそちらの避難である。

二つのパーティは隊商を安全に逃がすために下がり、一つのパーティは森を抜けてくる脅威に対して力を振るう。挟撃もあり得るので後方にも戦力は必要だ。

事前に決められていたローテーションだが、そのパーティのリーダーはタイミングの悪さに溜息を吐く。

「すまん、みんな……」

「ったく、リーダーのせいじゃないでしょー。これはみんなの総意なんだから」

「そーそー。ツマンネエこと気にしてねーで、さっさと片付けちまおうぜ」

「おっちゃんがいないのは歯抜けだけど、それでも僕らのやることに変わりはない」

緊迫した状況の中、仲間たちからの軽すぎる激励にリーダーも苦笑を浮かべる。

森の中を暴虐に突き進むモノの気配が濃厚になったところで、冒険者たちは勇気を奮い立たせた。気合いや咆哮によって心を切り替えたのだ。

ここから先は通さないという気概を持って敵に相対する。見えない敵に対して気負いすぎかもしれないが、対応としては冒険者の鑑ともいえる行為である。

……ただ、相手が悪すぎなければ、の話だ。

森を割り、木々をへし折って姿を現した敵の姿は、冒険者たちが想定した獣よりも巨体だったのである。

頭は彼らの頭上より更に上にあって、巨木とも錯覚するほどの脚部が二本、体を支えていた。その身はなめらかでいながら硬質そうな竜人族の皮膚に似た鱗のような物で覆われている。体のバランスを取る尾は大人の体数人分ほどもある太さで、頭部にある鋭い牙の噛み合わさった顎からは、人の手が力なくぶら下がっていた。

縦に割れた瞳孔がスウッと縮められて、眼下の矮小なる者共を睥睨する。

それだけで冒険者たちの決意は総崩れになっていた。ある者は武器を取り落とし、ある者は呆けた表情で腰を抜かす。想定外も想定外、さらにその外の化け物の姿に彼らは完全に飲まれていた。

それはなんとか荷物を纏めてそこから逃げ出そうとしていた隊商の面々も同じこと。

更に一体。そしてもう一体。お代わりが足りぬならもう一体増やしてやろうぞ、とばかりに森の奥から同じような化け物が現れる度に、商人は、冒険者たちはこの世の絶望を味わいながら恐慌状態に陥っていった。

荷物も何も捨てて自分の足で夜の暗闇に向かって逃げ出す者がいれば、馬も繋がれていない御者台に飛び乗って夢中で鞭を振るう者もいる。

冒険者たちも護衛をはたすどころか、仲間を見捨てて逃げ出す者が大半という始末。

だが、逃げ出した者が消えていった暗闇の先で絶叫が轟けば、誰も彼もがビクビクと反応する。

やがてそちらからも唸り声が聞こえ、暗闇の中で蠢く獣の気配が感じられた。
いつの間にか彼らの野営地は化け物共に囲まれていたのである。

第一章

名付けと、村での生活と、緊急事態と、襲撃と

【名付けとは、新生児に名を付けること。また、その儀式。命名。】

「ううーん……」

ケーナは頭を抱えてテーブルに突っ伏した。

ここはケーナ家の食卓。

テーブルがあって椅子があって、家族会議に使えるような場所がここしかなかったからだ。

居間も一応作ってあるが、絨毯（じゅうたん）とラグの上にクッションを敷いて各自が楽な姿勢で寝転がるリラックスできる部屋である。

これは体格の大きい竜人族（ドラゴイド）などが交じると、家具を揃（そろ）えた場合に不揃（ふぞろ）いになってしまうことがあったために、ゲームプレイヤーたちによって考え出されたくつろぎ空間だ。

ケーナの隣にはルカ、対面にはロクシリウスが座っている。

ロクシリウスは留守を預かっていた身だというのに【契約魔法】でいいように縛られた自分が許せないらしく、椅子には座っているもののしょんぼりと項垂（うなだ）れている。

さすがのロクシーヌも、上位の者から強制的にやらされた行動にまで突っ込むことはしないようだ。むすっとした表情のまま大人しく紅茶を出したりしていた。

「おかー、さん。かんがえ、……ごと？」

「んー……」

手紙（と呼んでいいのか）を睨みながら、ケーナが一晩経ってもうんうん唸っていれば誰だって心配もする。

ルカの疑問に曖昧な返事をしたものの、給仕をしていたロクシーヌはそこをスルーしてはくれなかった。

「そうですね、ケーナ様。差し支えなければ何に名付けをするのか教えて頂けますか？」

当然、一言だけの手紙を秘匿する理由もないので、ロクシーヌやルカにもそれは開示してある。

ロクシーヌが疑問に思っているのは、いったい何に名を付けるためにロクシリウスが泥を被らねばならなくなったかだ。ルカは手紙のせいで、いつもは爽やかな好青年であるロクシリウスの元気がないということだけしか分かってはいない。

それはケーナの目には見えているが、他の人には見えていない者。

ケーナの前に置かれているティーカップの縁に座って、ご機嫌な様子を見せている妖精ちゃんのことだろう。

「とりあえずここにいる……」ケーナが指先で円を描いて、妖精ちゃんが存在している場所を指し示す。ロクシーヌとルカはそこをじーっと見つめてから顔を上げる。

「本当にここに、その妖精とやらがいるのですか？　気配も何もありませんが」

「うん。……みえ、ない」

五五〇レベルの猫人族の五感でも感じられないというのだから、今の妖精ちゃんはケーナの網膜だけに映る映像のようなものみたいだ。

名付ければこれが実体化するというのだから、いかなる御業によるものか見当がつかない。

やはりというか一人だけが見えるといっても、他の人に見えないのでは説得力がまるでない。

てっきり妖精ちゃんはオプスに繋がる者だと思って、保護をしているつもりだった。

手紙の内容からするとそれこそが間違いで、名を付けてケーナの眷属に入れろということなのだろう。

「まさか名無しで初期状態だったとか思わないでしょう……」

『イエ、アチラモ種族名ヲ呼ビ名ニスルトハ、思ッテナカッタノデハ？』

どうもアチラさんは、こっちの動向をよく見ているようだ。

妖精ちゃんがいつまで経っても名を得ないことに業を煮やし、回りくどい手段でこっちに手紙を回して来たのだろう。

もっとも、何でそこまでして姿を隠さなければならないのかが疑問である。やましいことがなければとっとと姿を現せばいいのに、と思わないでもない。

だからといって、ある日いきなり「やあ、待たせたのう」と言って目の前に現れる奴も想像できないが。傲岸不遜にどこかで魔王のように待ち構えているのが奴らしい。

『……デ、ドウシマス？』

「……うん。どうしようか？」

妖精ちゃんに対する奴のスタンスは理解した。したのだが、ここで冒頭の頭を抱えていた状態に戻ってしまう。

根本的なところで、ケーナは最大級の問題に躓いていた。

名前を付けるということはゲームではありがちな作業だが、世の中にはごく偶に名前を付けるという行為が苦悩に直結するという人種も存在する。

そしてケーナは、その名付けのセンスが壊滅的な者の一人だった。

「何を唸っているのですか？　ケーナ様はお子様方や私どもに、立派な名前を付けてくださったではありませんか」

「……ああ、うん」

胸に手を当てて誇らしげなロクシーヌの発言とは裏腹に、ケーナの内心には猛吹雪が吹き荒れていた。

まさか馬鹿正直に「貴女たちの名前は誕生日から。子供たちの名前はカタツムリから取りました」なんて言えるはずもなく。適当な相槌で誤魔化す。

（名前名前名前……。妖精ちゃんそのまんまじゃ、ダメかなあ？）

『ソコハ、ケーナノ自由デショウ。ガ、奴ニ会ッタラゼッタイソノコトデ、延々トイジラレルト思イマスヨ』

（うっ⁉）

迂闊な行為をキーに咎められる。

ケーナはネチネチとこちらを責めつつ優越感に浸る奴の姿が容易に想像できて、安易な手段を取るのを止めた。

「おかー、さん？」

「ああ、ルカ様。おそらくケーナ様は聖霊様と相談しているのだと思いますよ」

「せい、れい？」

無言のまま百面相をしているケーナを見て心配になったルカに、ロクシーヌはケーナの相談役とも言える聖霊について伝えておく。

キーについてはロクシーヌもよく分かっていないので、ケーナが無言で頷いている時は聖霊と会話しているのだとしか知らないのだが。

この世界で聖霊とは道を指し示す者という認識である。本来であれば勇者や聖女に付く者なのだが、そういった者は絵本などの中にしかいない。なので存在自体が伝説レベルの扱いだ。

それをケーナが従えているということをスカルゴたちやロクシーヌたちは認識しているのだが、彼らにとっては母親＆ご主人様はそれに相応しい崇高な存在ということで落ち着いている。

そんなことをかいつまんで聞かされて、絵本の中の実物みたいなケーナにルカは憧れを含むキラキラとした視線を向けるのであった。

らう。

犬猫に付けるような名前からキラキラネームに繋ぎ、キーからダメ出しに次ぐダメ出しをく
当人はあんなんだが。

『正気ヲ疑ワレルレベルカト』

（ポチとかタマとか……。姫とか夢妃とか……）

『ファンタジーノ世界ナノデスカラ、ヨク考エマショウ』

（むしろキーちゃんが夢見すぎてるような気がしないでもないけどね）

脳内の名前の案を尽く吐き出したケーナは、ぬるくなった紅茶を飲む。

妖精ちゃんはというと、やっと名前を付けてもらえる気配を感じて待っていたのだが、一向
にその気配がないことに気付くと、膨れっ面でケーナの髪の先をくるくると巻いて弄んでいた。

『デハ、モウ少シ身近ナ者ニ例エテ考エマショウ』

なんだかケーナよりキーの方が名を付けることに積極的なようだ。思わず「なんか保護者み
たい」と呟いてピンとくる。

「じゃあ、キーちゃんの妹分みたいだし、クーにしよう」

「……は？」

「いもう、と……？」

いきなり手を叩いて名案だとでもいうように声を上げたケーナに、静かな時間を楽しんでい

たロクシーヌとルカは面食らう。髪の毛をぐるぐる巻きにすることに熱中していた妖精ちゃんは、ケーナに掬い上げられてわけが分からないという顔をしていた。

「キミの名前はクーだよ。クーちゃん」

「♪！」

名を呼ばれるとじわじわと嬉しさがこみ上げてきたらしく、笑顔になった妖精ちゃん改めクーが空中に飛び上がってくるくると舞い踊る。

その際に彼女が上げた声は、声というより音であった。

「え？」

「あ……」

「……？」

何もない空間にどこからともなく湧いて出た輝く光の粒が結集し、妖精の姿を形作る。神秘の光景という他ない。

その瞬間を目撃したロクシーヌとロクシリウス、それとルカは不思議現象に目を見張った。

「クー、クー」

鈴の音のような言葉を奏でつつ妖精が宙を舞う。自分の名前を連呼しながら飛ぶ姿は水を得た魚のようだ。

他にも「うれしい、うれしい」と口ずさみながら、四枚の羽根より放たれた燐光が空中に軌跡を描く。ルカが手で燐光に触れようとすると、溶けるように空中に消えてしまった。

「よしよし。クーちゃん、これからよろしくね」

『私ニ妹ナド、イナイノデスガ……』

「だったらキーが付ければよかったでしょーが。マスコットの妹分みたいなもんでしょーに」

『マスコットデモナイデス』

それが最低限の不満なのだろう。その発言を最後にキーは口を閉ざした。

この件をこれ以上追及する気はないらしい。

ひとしきり嬉しさアピールで舞い踊って満足したのか、クーはふわふわとケーナの肩に降りてくる。今度は愛おしそうにケーナの髪に頬ずりをし始めた。

名前が貰えた途端にこれなのだから、現金なものである。

「ケーナ様。それが件の妖精、ですか？」

「そーそー。妖精のクーちゃん。虐めちゃだめだからね」

「虐めません。ケーナ様は私を一体何だと思っているんですか……」

ロクシーヌは憮然とした表情で、ティーポットを持ってキッチンの方へ向かう。

ケーナは隣のルカが鯉のようにパクパクと口を開閉して、クーを見上げているのに気付いた。

ちょいちょいと指先でクーを促して、ルカの方に関心を向けさせる。

「知ってると思うけど、ルカよ。仲良くしてあげてね」

「ルカ、ルカ」

ルカが伸ばした指先にキスを落としたクーは、中指を両手で掴むと握手をするように軽く上下に振る。ルカの方は「ふわあ……」と呟いてクーの挙動に目を輝かせていた。

「ということでクーが名前を得ることに繋がったから、ロクスもう気にしないでいいのよ」

「くっ、申し訳ありません。ケーナ様……」

ケーナは立ち上がって、両手を握って再び頭を下げるロクシリウスの肩をポンと叩いた。

「大丈夫よロクシリウス。貴方の無念はこの私が千倍にして、アイツに返してあげるから」

眼前から迸った殺気に嫌な予感がしてロクシリウスが顔を上げると、恐ろしい笑顔のケーナが気迫をたぎらせていた。笑っていない目を見たロクシリウスが小さく悲鳴を上げる。

「奴を見付けたら粉微塵にぶった切って挽肉にした挙げ句、この世で一番低俗な形にして焼いてやるわ！　首を洗って待っていることね！」

高波打ち付ける岬の先（【薔薇は美しく散る】のスキルだ）で「オーッホッホッホ！」と高笑いを実行するケーナに、ロクシリウスはもの凄い悪寒に襲われた。

ルカに至っては、いきなり舞台装置よろしく背景が様変わりしたため、話についていけなくて固まっている。

クーはケーナの近くに飛んでいくと似たようなポーズを取って「ほー、ほー」とフクロウの真似のようなことを実行していた。

紅茶のお代わりを持ってきたロクシーヌは、短い間に様変わりした部屋の様子に頭痛を感じてこめかみを押さえた。

なんにせよ、どこぞの誰かが強制的に持ち込んだ手紙の顚末は、こんなところである。

その後でケーナは、留守中に堺屋から来た隊商についての報告を受けていた。

「受け渡したのは……、ビール一〇樽とウイスキー五樽？」

「ビールは一樽四銀貨、ウイスキーは一樽一二銀貨ですね。合計一〇〇銀貨です」

「って一金貨じゃないのっ！　高っ⁉　なにそれ、一杯をどんだけ高額にする気よっ」

「ええと試飲した方によると、それでも元が取れるとかなんとか」

「……この世界のお酒がそれだけマズいのか。私が作ったお酒が高級すぎたのか、どっちかしら」

「両方かと」

次にロクシリウスから渡されたのは別の受領書である。そこには支払い一〇銀貨とあった。

「これは？」

「それは麦の輸送料だそうです。荷馬車二つ分」

「は？」

ケーナの目が点になった。そこには輸送料とだけしかなく、麦の代金が全く入っていないことになる。

そこはロクシリウスも不思議に思って聞いてみたのだが、先代様の指示ということで煙に巻かれたのだそうな。

「利益とかそういうのが全然見合ってないような気がする……」

溜めてあった樽が減っていて、倉庫内にみっちりと詰まっている麦袋を見たケーナにロクシリウスが補足する。

「麦に関してはラックス様に頼む方法と、自分で買いに行く方法のどちらでもいいそうですよ」

「それでラックスさんのところへ手数料が入る寸法かなあ。次はいつ取りに来るとか言ってた？」

「だいたい一月後だそうです。売れ行き次第では頼む数が増えるとはおっしゃってました。それもラックス様が伝えてくれるそうです」

「なるほど、ラックスさんのところには堺屋と直通通信を繋げられるアイテムがあると」

「そのようで」

加工の方は手が空いた時にでもすることにして、ケーナはロクシリウスに本日の業務の終了を告げた。そうしないとロクシリウスが自責の念で夜中まで活動しそうだったからだ。

あくびを噛み殺したケーナが自室の扉を閉めるまで、ロクシリウスはずっと頭を下げていたのであった。

「さて。まずは尋問といきたいところだけど……」

朝食後に手を叩いたケーナが、クーを前に聞きたいことを尋ねようとした。

ロクシーヌは片づけを、ロクシリウスはルカと一緒に出掛ける準備をしている。

ちょくちょく村を離れるせいで朝の段取りをド忘れしているケーナに、ロクシリウスは「忘れていますね。公共浴場の掃除ですよ」とだけ伝える。

以前に子供たちだけで村から抜け出した事件の後で、罰として子供たちには公共浴場の掃除が課せられた。一定期間を過ぎて解放されたが、その後はロクシリウスが担当していたのである。

ただ、一人で村の中の各家の手伝いやらパトロールやらをこなしつつ、公共浴場の掃除もしていた彼の仕事量がヤバイと感じた村人たちの相談の末、公共浴場の掃除だけは再び子供たちに回されたのだった。

宿屋は朝と夜が一番忙しいので、手伝いに回るリットは抜けられないらしい。そこを考慮して掃除は昼前というあいまいな時間帯となっている。

ラックス工務店では堺屋から運ばれてきた雑貨類の販売と、注文制による家具の作製が主な仕事のようだ。

ラテムはまだ弟子以下の修行中という身のため、「いつでもこき使っていい」という親の了解が通達されていた。

ルカに至っては家事手伝い以外に仕事らしい仕事はない。

ロクシーヌが家政婦として優秀すぎるため、子供の手伝いの域を出ないというのが現状である。

「んー。クーの紹介もできそうだし、私も着いていくわ」

「分かりました」

「おかー、さんも……。おそう、じ？」

「クーをミミリィに紹介しないとね」

顔合わせ自体はクーの姿が見えない時に一方的に済んでいるのだが、見えるのと見えないのでは大違いである。間違いが起こらないうちに顔合わせはしていた方がいい。

特にこの世界での妖精の立ち位置が分からないのだから。禁忌の存在とか言われたら大変である。

ロクシリウスは先に公共浴場へ向かわせ、ケーナはルカとクーを連れて宿屋へ向かった。

「なんだい、それは？」

「わああ、ケーナおねーちゃん。何これ、誰これ⁉」

ルカの頭の上にふわふわっと浮かぶクーを見たマレールは唖然（あぜん）とし、リットは目を輝かせる。

「新しい同居人の妖精のクーちゃんです。よろしくお願いします」

新しいどころか、この村に住み始める前からいたのだが、説明が面倒なのでそこは省く。

ケーナが会釈すると、クーは「よろしく、よろしく」と言いながら空中で器用に頭を下げた。

「わあ、すごーい」

テーブルを拭いていた途中だったらしく、雑巾を握りしめたリットは感動している。

朝のルカと同じように表情から憧れっぽいオーラがにじみ出ている。

この世界は、少女が妖精に憧れを抱く風習でもあるのかとケーナが誤解するほどに、その瞳には真摯な光が宿っていた。

「すみません、マレールさん。ちょっといいですか？」

「どうしたんだい、今更そんな畏まって。聞きたいことがあるんなら、なんでも聞いとくれよ」

ケーナの場合未だに一般常識には疎いところがあるので、聞くならマレールしかない。

初対面の時のような言い方をしたら、「遠慮すんじゃないよ」と背中をバシーンと叩かれた。

「けほっ。……妖精のおとぎ話でもあるんですか、この辺りには？」

「なんだい知らないのかい？　子供の前に妖精が現れたら幸せが訪れる、っていう言い伝えがあるのさ」

「げっ……」

なんだか知らないうちに責任重大な事柄に当てはまっていて、ケーナは罪悪感を覚えた。

クー自体は本当に妖精という種族なのかもはっきりしないのだ。糠喜びになって、リットたちの心に傷がつかなければいいが。

なんて思っているとマレールが肩を叩きながら「心配しなくていいんだよ」と小声で伝えてきた。

「幸せが訪れるよりは、それを捕まえる気合いがなくちゃ女は生きられやしないのさ。あの子にはそれをよーく学んでもらわないとねえ」

「た、たくましい……」

マレールが益々越えられない壁に見えて、ケーナは引きつった顔でその強さに納得する。辺境の女性はかくあるべしと、隣の女性が雄弁に語っているのを肌で感じていた。

そしてその血を受け継いだリットもいつか、この肝っ玉母さんのようになるのかと思うと苦い顔になる。

ケーナの寿命的に、おそらくその変化は村に住み続けていれば間近で見られるだろう。

（あんまりリットちゃんがマレールさん二世になる光景は見たくないなあ……）

などと思いつつ、二人を促して公共浴場の掃除に向かうのだった。

「わっ!?　ケーナねーちゃん何それ？」

入り口のところで待っていたラテムにも同じように驚かれた。

「クーは、クー」

「うちの同居人のクーちゃんだよ。ラテムくんもよろしくねー」

「妖精って、絵本の話じゃなかったのかよ……」

何やら別のことで驚かれたようだ。詳しく話を聞いてみると、どうやら子供に聞かせる話と言えば〝コレ〟みたいな定番はどこの種族でも同じようなものみたいだ。

妖精に会ったら云々は主に女の子に聞かせる話だという。

「それってアレだろう。王子様が来るのを待てって言ってるんだろう。他力本願みたいでドワーフ族の間だと、軟弱とか言われてるんだぜ」

ぶっきらぼうで冷めたような現実的な発言に、ケーナの方が面食らった。

ファンタジー世界で、ドワーフに現実を見ろ、などと遠回しに言われるとは思わなかったのである。

種族別の教育の成果と言えばいいのか、ドワーフ族全体が行動的に偏った結果と言えばいいのか分からないが。ともかく、夢見る乙女たちはその発言に猛然と食ってかかった。

「ちょっとー！　わたしたちの夢をこわさないでよーっ！」

「こわし、たら……、ダメ」

「そんな、見ただけで幸運が来るもんかい。やっぱそーゆーのは自分で摑んでこそだろう」

「たしかにおかーさんは同じこと言ってたけど。夢があるのとないのとじゃ違うもん」

さっきのマレールさんの話は娘にちゃんと聞こえていたようだ。ルカは口があまり回らないので、口喧嘩に参加するのは諦め、リットの横でラテムを睨んでいる。

ケーナがどう仲裁しようかと悩んでいると、ロクシリウスが会話の切れ目に三人の間に体を割り込ませた。

「三人とも、そう熱くなっては話は拗れるばかりです。まずは掃除をしてからにしましょう。それが終わったらもう一度話し合いましょうか？」

ロクシリウスは片手でラテムを反転させると、背を押して男湯の方へ向かっていく。その際にケーナへ向かって小さく会釈をした。ラテムはどうにかするから、二人は任せましたというのだろう。

ケーナは頬を膨らませてご立腹のリットと半べそのルカを宥めながら、女湯の方へ連れていった。

「はいはい二人とも、喧嘩はお仕事が終わってからね」

「ケンカ、ケンカ」

クーは自分の存在が関係しているとは分かっていないようだ。ケーナの口調を真似ながら、楽しそうに上下に揺れつつ飛んでいる。そしてその姿は更衣室のところで、長椅子に腰掛けていた人魚に目撃されることとなった。

「せっ、精霊様っ⁉」

驚きと恐怖が混ざったような表情で下半身をぴーんと伸ばしたミミリィは、次の瞬間「も、申し訳ありませーん！」と言って、座り込んでクーに向かって頭を床に付けた。一般的に言う土下座である。

昨今は土下座に会う運命なのかなと、ケーナは呆れてコメカミを揉み解す。

「ちょっとミミリィ。クーちゃんは水精霊とは関係ないわよ。風精霊でもない妖精よ」

「悲しい、悲しい」

目を合わせてくれなかったことを悲しむクーを胸に抱き寄せ、ミミリィの肩を掴んで体を起こす。持ち上げられたミミリィは上目遣いでクーの様子を見つつ、「怒られませんか？」と怯えた様子で呟いている。

「ほら、ミミリィが目も合わせてくれないから、こんなに悲しんでるじゃない」

「ああああっ!?　ご、ごめんなさいっ！」

黒雲を背負ってしょんぼりしているクーを見たミミリィは、どう宥めればいいのかと目を白黒させている。ちなみに黒雲はすぐ消えたがケーナの演出だ。

「クーは、クー」

「ええと、クーさんですね。私はミミリィです。よろしくお願いします」

目を合わせて挨拶しただけで、クーは花が咲くような笑顔を見せる。それを見たミミリィは安堵と共に胸を撫で下ろしていた。

「は〜。妖精様に粗相があったらどうしようかと思いました……」

「いやいやいや。妖精様って何？　ミミリィの地元で崇められていたのって水精霊だったよね？」

「え、そうですね。こう、背中に羽根はありませんでしたけど、掌（てのひら）くらいの大きさの人魚（私たち）を里が伝令役として使っていたんですよ。みんなはそれを妖精様って呼んでました」

クーとミミリィを見比べていたケーナは、どこかでそれに似た存在を見たような気がしたが、ピンとこなかったので考えることを止めた。

まあ海版の妖精だったのだろうと勝手に結論付けておく。

ケーナとミミリィが話している間に、ルカとリットは更衣室にある用具箱からデッキブラシを取り出して浴場の掃除に取りかかっていた。

お湯を止めて排水を行い、浴槽内を擦（こす）り始めている。

お湯を供給している部分のオン／オフは、魔力を少しでも持っていれば誰でも動かすことができる。排水は堰（せき）を作ってあるので、そこを開放してしまえばいいだけだ。

普段は浴槽の容量上限を超えた分は外に流れて、裏手にある洗濯場に行くようになっている。

ミミリィの洗濯業に頼る者が増えた分、洗濯場を利用する者も減ったようだ。

だがミミリィの洗濯業は安くても料金を取るので、手持ちのお金が減った者はここを使うしかない。

洗濯場から出た汚れた水と排水されたお湯は、ケーナの魔道具によって綺麗（きれい）にされて農業用水に回されている。畑までの水路を整備したのは、暇を持て余していたロクシリウスだ。

そのおかげで一々井戸まで水を汲みに行く手間が省けたと、村人たちには好評である。

今のところはこれ以上村の利便性を上げるところが見つからないので、何か要望が出るまでケーナの村改造計画は止まっていた。

畑を耕すのにゴーレムや【地精霊】を貸し出すことも考えたが、それは村人たちにやんわりと断られている。

ミミリィはルカたちが掃除しているところまで移動して、【水魔法】で汚れを流す役を受け持っている。最近会得したという下半身だけで地を這う、という移動方法はなんだかラミアのように見えて、ちょっと面白い動きになっている。

ラミアみたいに長い蛇の下半身ではないので、一番左右に振られているのは尾ビレであった。なんだか一生懸命尾を振ってアピールする飼い犬のようだと、ケーナはついつい噴き出してしまう。

「なんですかケーナさん？」

「い、いやあ。なんでもないよ、なんでも」

「にょろにょろ、ふるふる」

睨まれて笑いを堪えるが、空気を読まないクーがその動きを再現しようとして、ただの凍えているような震えになってしまい、ケーナの我慢は崩壊した。

「ルカちゃん。後でケーナさんの失敗談を内緒で教えてくださいね」

「ちょっ……」

恐ろしいことを平気で聞くミミリィに、無理やり笑いを治めたケーナは動揺する。

ルカの前で醜態を晒したことは、幾つか心当たりがあるのだから。

ルカはちょっと考える素振りを見せてから「うん……」と頷いていた。

「ルカが裏切った……」

「ケーナおねーちゃんが悪いと思う」

打ちひしがれていたら、リットからもミミリィの援護射撃が飛んできた。さっきのラテムとの会話を引きずっているようで、膨れっ面のままである。

そこで漸くミミリィも二人の少女たちが浮かない顔なのに気付く。

「何かあったの？」

「まあ、種族的な見解の相違、かなあ？」

ケーナがついさっきの出来事を語って聞かせると、ミミリィは「ふーん」と頷いた。

「それって喧嘩っていうのかな？」

「私もこう、仲間内で揉めたことはあったけど。こういった食い違いは経験したことないからねえ。どうアドバイスしたものか……」

「母親役なんだから、しっかりしたほうがいいんじゃないの？」

ケーナの場合は集団生活の人生経験は、ほぼゲームの中で培ったものだ。ギルド内やパーティを組んだ者同士だと、なあなあで済ませていたことが多いので、喧嘩の渦中にいた経験などは少ない。

ミミリィは掃除を終えたルカとリットを呼び寄せて、更衣室の長椅子に誘った。

「いつもは二人ともよく喋ってたから、こんな静かな日も珍しいね」

「……う、ん」

「ミミおねーちゃん……」

並んで座った二人の少女はしんみりとした雰囲気に、視線を下に向けてしまう。

「ケーナさんに聞いた程度でしかないけれど、二人ともさっきの会話をよーく思い出してみて？」

目を瞑ってブツブツと会話を反芻する二人の仕草がそっくりで、ミミリィはニッコリと笑う。

「ラテムくんは貴女たちの夢を否定したのかな？」

「「え……？」」

「『待ってたらダメ』だというのと『自分で掴む』っていうのは夢を否定したことにはならないでしょう」

「う、うん」

「……ん」

あの時はつい二人とも頭に血が上ってしまったが、ミミリィからゆっくり聞かされると確かにと納得する部分もある。『ドワーフ族からすると待っていることは軟弱』とか『自分で摑んでこそ』とは聞いたが、夢を否定することは言ってはいないことに気が付いた。

「それに『自分で摑む』ってことはラテムくんにも夢があるってことでしょう？　はい、これを踏まえて二人がしなくちゃならないことは？」

「ご、……ごめん、なさい」

「ごめんなさい」

二人が謝罪を口にしたことでミミリィは「よろしい」と笑顔で頷いた。

ルカとリットは立ち上がると、走って外へ出ていく。間を置かずして男湯の方から二人が大きな声でラテムに謝る声と、謝られた方が動揺して「うえええええっ⁉」と驚く変な声が響く。

壁の向こうの騒ぎに感心して「おー」と拍手を送るケーナに対して、ミミリィのコメカミから何かが切れる音が聞こえた。

「ちょっとケーナさあああん！　そこへ座ってくださいぃっ！」

「え？　あれ？　ミミリィどうしたの、いきなり？」

「『おー』じゃありません『おー』じゃ！　貴女は何をやっているんですかっ！」

「ええええええっ⁉」

ミミリィの怒りの矛先が向き、ケーナは一時間ほど集団生活について説教されることとなった。

迷子になった人魚という境遇だが、ミミリィはこれでも元女王候補として教育を受けていた身である。種族の違いはあれど、ケーナは上に立つ者としての態度を泣く泣く叩き込まれるのであった。

まあ、人魚の帝王学が身に付くかは別として。

ケーナの泣き言が響く空の下、子供たちが無邪気に笑いあっていることにロクシリウスは安堵した。もちろん女湯の騒ぎは聞かなかったことにする。

いかな専属の執事としても我が身は可愛いのであった。


「ああ、酷い目に遭った……」

ミミリィからたっぷり説教を受けて、公共浴場を後にする。

子供たちは男湯の方を一緒になって掃除をし、ミミリィの説教が終わるまでお喋りをして楽しんでいたようだ。ラテムは午後から親の手伝いがあるそうで、家に帰っていった。

「おかー、さん。へい、き？」

「ん？　ああ、平気平気。大丈夫よ」

ケーナ、ルカ、リット、ロクシリウスという隊列で、宿屋に向かって歩いている。リットを送っていくためだ。途中でルカがマントを引いて心配そうな顔をしていた。

母親としての心得でなく、リーダーシップの教えを受けたような気もするが、あんまりケーナが使うこともなさそうだ。ミミリィの前では気が抜けなくなったなあ、とボヤいているとロクシリウスが「それではこれで」と列を外れる旨を伝えてくる。

「あれ、ロクスはもうパトロール？」

「いえ、仕事を一つ頼まれていまして。それを片付けようと思っています」

「仕事？　ロクスじゃないとできない奴？」

「いえ、誰でもできるかと」

更に問い質すと、ロクシリウスが受けた仕事は卵拾いであった。

今もその辺を我が物顔で歩き回っている鶏は、村中を自由に動き回っている。そして鶏たちの産んだ卵も村のどこかに転がっているのだ。

卵が必要になったらそれを拾って使えばいいのだが、見つけにくい場所に放置された場合どんどん傷んでしまう。

なので定期的に各家で見回りを請け負い、卵を探し出しているのだが、それがロクシリウスの受けた仕事だ。

今回はその役割がケーナ家に回ってきたらしい。

「卵ねえ。【探索】スキルで探せるかな？」

「はいはーい。ケーナおねーちゃん、私も探すー」

「リットちゃんは家へ戻らなくて大丈夫なの？」

「はい。夕方までに帰ればだいじょうぶー！」

見える範囲の村内をぐるりと見まわし、その辺の納屋から鶏が出てくるのを目撃すれば、歩いて探すのは大変そうだと思う。魔法で探せば手っ取り早いが、それだと子供たちの手本にならないだろう。

なのでアイテムボックスから持ち手の付いた矢印を取り出して、ルカに渡す。

「……？」

「なーにこれ？」

ルカもリットも渡されたものが何なのか分からなくて、首を傾げている。

「その矢印のところに探したいものを書けば、それの方角を指し示すから簡単に見付かるよ。数が多いと一番近いものからね」

「『たまご』って書けばいいの？」

「それだと誰かの家にある卵まで含まれるから。そうねえ、『地面に落ちている卵』でいいんじゃないかな」

ケーナから渡されたペンを受け取ると、ルカとリットは矢印の表面を見て「むう」と考え始めた。

文字は一通り教えたが、長さ三〇センチメートルに幅一〇センチメートルのスペースに平仮名だけでどう書くのか悩んでいるのだろう。

最初の頃は教えた時の文字の大きさから変えることをしなかったので、ノート代わりの小さな黒板に四文字以上を書かないのを不思議に思っていた。

お手本を見やすいから大きく書いただけで、それが絶対じゃないと理解してもらうのに苦労したものである。

待っているとたどたどしい字で『じめんにおちているたまご』と書かれた矢印を見せてきた。

「これで、ダメ？」

「うんうん、大丈夫よルカ。それでそこについている棒を持つと……」

ケーナの指示に従ってリットが持つと、矢印はグルンと回って左斜め後ろを向いて止まる。

そこにあるのは家の壁だが、地面は雑草で覆われている。

「その向こう側ってのはないと思うけど……」と言いながらケーナは雑草をかき分けて、中から卵を二つ拾い上げた。

すかさず降りてきたクーが一つを拾い上げる。

「たまご、たまご」

「クーちゃん、落とさないでよ」

体の三割くらいある卵を器用に持ち上げるクーに注意を飛ばしつつ、その辺にあった蔓草（つるくさ）を即席の【技術技能（クラフトスキル）】で編み上げて手提げの籠（かご）を人数分作った。

テンプレートがなくても、形状を指定すればスキルの方で勝手に作ってくれるようになったことで、益々クーの存在に疑念が持ち上がる。

それを表情に出さず、ケーナは手提げ籠を各自に配って「じゃあ、いっぱいになったら集合ってことで」と三方向に分かれる。

ケーナはクーと。ロクシリウスは一人で。ルカとリットが一緒である。

ルカたちが楽しそうに探しに行こうとしているのを見て、ロクシリウスが「何ですか、あれは？」と聞いてきた。

「【なんでも探す君】だって。リオテークさんの塔のアイテムボックスに入ってたの」

「はあ？」

ゲームのアイテムについては外見と効果を個人の好きにいじれることから、ケーナでさえも手に取ってみないと分からないモノが多い。作る物のクオリティによっては、お金と素材が必要になるのでそうそう簡単に何でもとはいかないが。

リオテークの塔からは同じものがゴロゴロ出てきたが、「トカゲ」や「ムカデ」、「ゲテモノ」と書かれた使用済みの矢印が幾つも見つかった。

趣味のモノをゲーム内で探すのに飢えていたんだなあと、懐かしく思う。

当人は出会うたびにムラサキウミウシやメンダコの着ぐるみを着ていたので、素顔をほとんど見たことはないけれども。

ロクシリウスは村の外周や畑の方を重点的に探すと言って、そちらに向かっていった。

ルカとリットは村の中央の方へ向かったので、ケーナは村の出入り口近辺から探すことにする。

丈の高い草が生い茂っているところを重点的に探せば見つかるので、スキルに頼らなくても問題ないようだ。

途中でクーに「クーちゃん。オプスはどこ？」と聞くのも忘れない。

「おぷす、おぷす？」

クーはまず上目遣いで空を見上げ、次に難しい顔をして考え込んでしまった。

少し考えれば分かることだが、オプスとはケーナたちしか分からない略称なので、聞き方を変えてみることにした。

以前にオプスの名を出して、虐められたことがあるのか聞いたことがあった。その時に首を振っていたのは虐められた云々ではなく、オプス自体を知らなかったからなのか。

「クーちゃんを本に閉じ込めた人のことよ」

それでもきょとんとした様子で首を振っているところを見ると、自分が本に入れられたという記憶もないのかもしれない。

「んー？　じゃあ、クーちゃんが最初にいたところってどこなのかな？」

この質問は理解してくれたようで「神殿、神殿」と楽しそうに教えてくれた。神殿が楽しいところなのかはさておいて。

「神殿？　教会なら分かるけど神殿？」

『神ヲ祀ル、トイウ意味デノ神殿デハナイデショウカ？』

すかさずキーによるフォローが入るが、ケーナ自身はこの世界で信仰されている神様のことは何も知らない。息子が大司祭だというのに酷い話である。

それだとクーの存在自体が神々に関係している可能性も出てくるのだが、それは今考えることではないだろう。

「餅は餅屋っていうし、聞くとしたらスカルゴかしら？」

キーと会話しながらだと、ケーナは一人で呟いているようにしか見えない。

いっぱいになった手提げ籠を自分の周囲に浮かばせておいて、次の籠を取り出す。当然というか籠が一つで足りるはずもなかった。

クーもそういったスキルを持っているんだか、いないんだか。的確に卵の落ちている場所を探し出して、拾い集めてくる。体が小さいので一度に持てるのは一つだけだが、妙に楽しそうである。

今まで何でもかんでも素通り状態だったので、動けて触れることが嬉しいのだろう。それは初めてゲームに触れた時のケーナの心境に近いのかもしれない。

籠二つをいっぱいにして戻ると、ルカとリットとロクシリウスは既に待っていた。

ロクシリウスはケーナが渡した籠以外に、どこかの家で借りた籠をいっぱいにしていたし、リットはエプロンで卵を包んでいた。

「こりゃ、これ以上に古い卵がまだまだありそうね……」

「あった、けど。……もて、ない」

「そうですね。籠を一つ借りたのはいいのですけれど、際限なくなりそうなので切り上げてきました」

総数は一〇〇個以上にもなった。

集めた卵はケーナの魔法で大雑把に分けていく。古いか新しいかだ。その基準がふわっとしたものなので、ケーナにも古い卵はどれくらい古いものなのかは分からない。

その魔法は【分類】。説明が『どんなモノでも基準を設定して分ける』というものだ。例に漏れず、ゲームでは取得した後はほぼ使用されることがなかった死にスキルである。

スキルマスターの間では、クエストを作るためにスキルが作られたから死にスキルが多いんじゃないかという認識だった。

それがこうして後々役立つのだから、何が幸いするか分からないものである。

その作業中にラテムがやって来て、伝言を残していった。

「堺屋の方からケーナねーちゃんに言伝（ことづて）が来てたって親父が」

「言伝？　ケイリックから？」

「そこは知らねえけど。『時間がある時においでください』だって」

「ああ、この前の魔韻石（まいんせき）の注文がようやく入ったのかなあ」

「じゃあ、確かに伝えたから！」

「え？　あ、ちょっと？」

ケーナが考え込んでいるうちに、ラテムは走り去っていった。嬉しそうな表情を見る限り、家の手伝いがよほど楽しいものなのだろう。

「ケーナ様。選別なら私が……」

代わると言ってきたロクシリウスに首を振る。

「別に今日、今からってわけじゃないでしょうよ。明日になったらヘルシュペルに向かえばいいのよ」

「分かりました。ではこちらの新しい方は適当に配って来ます。こちらの古い方はどうしますか？」

「食べられるかどうか微妙だし。【変換】スキルの材料にでもしちゃおうかしら？」

火を通せば大丈夫だろうという意味では、食べられそうなものは六〇個ほどあった。残りは食べた後は保証しない、というレベルのモノである。

ロクシリウスは食べられる卵を村人たちに配るために、離れていった。リットも家に卵を持っていくというので別れる。

『なんでも探す君』は一度書き込みしたことは消せないので、卵探索の際に貸し出すことにした。

村では卵を食べて体調を崩す者が少なからず出ると聞く。かき集めても判別できないから起こることなのだろう。この世界には塩水で新古を見分ける技術もないようだ。

『ドコカニ伝エレバイイノデハ？』

「どこに伝えろってのよ……」

商業ギルドに伝えて騒ぎになっても面倒だし、孫を窓口にして伝えてもらおうと考える。

「それにしてもボードゲームとか、プレイヤーがいたっていう痕跡はあるのに、こういった小ネタ的なことは伝えなかったのかしら？」

『知識ニ偏リガ見ラレマス。女性ハ少ナカッタノデハ』

「女性プレイヤーねえ……」

ケーナの知る女性プレイヤーはプライベート大暴露の痴女やら、無言の視覚の暴力やら、拗らせたシスコンやら、着ぐるみゲテモノラヴやらと、ロクな人物がいない。

思い出すだけでドッと疲れに襲われ、げんなりするのであった。

「こっち、は。すて……ちゃう、の？」

「違うわルカ。ちょっと見ててね」

残った卵がこんもりと積まれた籠を見て、ルカが不思議そうにしている。ケーナはそのうちの三つを手に取って、【変換】スキルを行使した。

ケーナの手の上で一瞬だけ虹色の膜に覆われた卵が、親指の爪ほどの黒い物体に姿を変える。

【サーチ】した結果は鉄であった。

それをルカの手に落として、ケーナは次の三つに【変換】を使う。

【変換】は、ある物をランダムで別の物質に変えることのできるスキルだ。便利に見えるが色々とデメリットが多いので、これもまた死にスキルのうちの一つである。

第一に変換するためには一回につき大量のＭ(マジックポイント)Ｐを消費する。消費量は変換前の物体に応じてバラバラだ。現に今は卵三個で一〇〇のＭＰを消費している。

第二に変換後の物もランダムになるため、いちかばちかの博打(ばくち)になってしまう。

ルカの手には鉄粒、石、卵大の角材、巻貝、小瓶と統一性のないものが次々と乗せられていく。内一回は完全に消失した物もあり、空気になったと思われる。

元が卵だから、鉄粒と小瓶などはマシな方なのだろう。あとは完全にゴミである。

一応は全部回収して、籠に入れて持ち帰ることにした。その辺に不法投棄してもいいものではない。家に持ち帰れば何かの利用価値が出るだろうと予想してのことだ。

翌日はルカのことをロクシーヌに頼み、ヘルシュペルに【転移】で移動する。

クーはルカに付けようと思っていたのだが、本人がケーナと離れることをきっぱりと拒否した。

何かの理由があってケーナから離れられないのかもしれないと、キーが呟いていたのがちょっと引っかかった。

実体化後は食事をするのかと思ってロクシーヌに色々と用意させてみたが、全くと言っていいほどクーは食事をとらなかったのである。

唯一口にしたのが小さじ一杯の蜂蜜(はちみつ)であった。甘いものオンリーかと思って砂糖をあげたら、そちらには反応しなかった。

朝食には果物(といっても小さな果実をひと齧(かじ)り)しか食べなかったので、天然由来の甘味だけしか受け付けないのかもしれない。

姿が見えない時は人混(ひとご)みにも神経質な様子でケーナの髪に隠れていたが、実体を持ったクーは逆に好奇心旺盛になっている。

ヘルシュペルの大通りではケーナの肩に座り込み、通り過ぎる風景に目を輝かせていた。

その姿を目敏(めざと)く見つけてしまった通行人たちは、ギョッとするか目を見開いて硬直するかに分かれる。

前者が女性全般で後者が年配の人たちだ。

一度、女学生っぽい集団とすれ違った時などは、ヒソヒソと囁(ささや)きながら会話しつつ後をストーカーの如(ごと)くつけられた。

クーの身の危険を感じたので、慌てて堺屋に逃げ込むという手段を取る。

「曾お婆様!?」

飛び込んできたケーナを見て声を上げたのは、堺屋の若旦那であるイヅークである。

いきなり店内に現れた不審者に「何だコイツ」的な目を向けていた従業員たちは、若旦那の発言に飛び上がって驚いていた。

身内というだけでなく、その呼称を信じるならば堺屋を起業したケイリックより二段階ほど上だからだ。

「ああ、ごめんなさいね、イヅーク。いきなり飛び込むような形になっちゃって」

「いえ、それは近いうちに来られると、父より聞いておりますからいいのですが。何かございましたか?」

「ちょっとハイエナっぽいものに目を付けられた気がしたんで、逃げてきちゃった」

「はぁ?」

大陸でも上位に君臨する武力の持ち主である曾祖母が逃亡するような相手に興味を持ったが、イヅークは踏みとどまった。他人のプライバシーを突つくような場ではないからだ。

店を部下に任せると、ケーナを母屋に案内する。

「ところで、その肩の者のことは聞いてもよろしいのですか?」

「ああ、クーちゃんのことね。クーちゃん、こっちは知ってると思うけどイヅークだよ。私の曾孫（ひまご）」

「よろしく、よろしく」

一瞬引っ掛かりを感じたイヅークではあるが、上客に対するようにクーに頭を下げた。

「よろしくお願い致します、クー様」

「クーは、クー」

飛び立ったクーが燐光を撒（ま）きながらイヅークの周りを回り、腰に手を当てて頰を膨らませ
「怒ってます」ポーズをとった。イヅークはわけが分からずに、キョトンとしている。

「様は要らないって言ってるみたいよ」

「え？　いえ、目上の方には敬称を付けなければいけません」

言っていることはもっともだ。しかしクーがいつから存在しているか分からないから、イヅークより年上だという確証はない。

そのことを伝えると「ではクー殿でいかがでしょう？」と。これでも精いっぱいの妥協らしい。

以前にも来た応接間へ通され、暫（しばら）く待っていると襖（ふすま）をパーンと開けてケイリックがやってきた。

「お待ちしておりましたよ、お婆様！　……ってなんですかそれはっ⁉」

「こんにちはケイリック。こっちはクーよ」

「クーは、クー」

意気揚々と現れたのはいいが、襖を開けたところで固まってしまった。

その後ろに続くはずだった部下は箱を持ったまま、何があったのか分からずにおろおろしている。

ケーナはケイリックの顔前で手を叩いて正気に戻す。

「ほら、用があって呼んだのはケイリックでしょ。こんなちっこいのに呆けてどうするのよ」

「ぶー、ぶー」

ちっこいの呼ばわりされたクーが抗議するが、頭を撫でて誤魔化しておいた。

一転して機嫌が良くなり、音符を飛ばしながらケーナの周囲を飛び回る。撫でるだけで機嫌が直るとか、少々チョロすぎるのではなかろうか。

「毎回お婆様には驚かされますね。それはもしかして妖精というのではないのでしょうか？」

「そう、昨日家族になった妖精のクーちゃん」

「お婆様の家庭には些か興味があり……、昨日？」

「ええ、昨日」

前々から存在はしていたが、正式に家族になったのは昨日なのである。

ケイリックはしばし唖然としていたが、首を振って「お婆様ならそれもありうるのか」とかなんとか呟いていた。何が「なら」なのか、少々問い詰めたいところだ。

ケイリックは箱を持ってきた部下にクーのことを口止めすると、テーブルの上に紙を広げて箱の蓋を開いた。

中にぎっしり詰まっていたのは、鈍色をした小石だ。魔韻石である。

「うちにあれだけ送ってきたのに、まだそんなにあったのね」

「ええ、どうやら清涼な川底の石はこういったものが多く含まれているらしく、見つけるのは容易ですね。場所を教えて頂いた孤児院の子供たちには感謝ですよ。もちろん情報の対価には充分な謝礼をお支払いしておりますので、ご心配なく」

付け加えたのは「孤児院の子供たち」の部分でケーナの眉が跳ねたからだ。

内心の動揺を悟られないように平静を装ったケイリックは、別に取り出した二枚の書類をケーナに見せる。こちらは注文を受けた貴族ごとの仕様書だという。

そこには魔韻石を加工した際の魔道具の大きさと数、指定したキーワードが書かれている。

ケーナは注文を詳しく聞いているケイリックからの説明を聞きながら、一つ一つを仕上げていく。

といってもやっていることは実に大雑把だ。

指定されている魔道具の大きさは元の魔韻石よりも小さいのが多いため、箱の中から片手で掴んで持てるだけを取り出し、加工するついでにキーワードまで仕込んでいく。

ケイリックは出来上がった商品を部下に渡し、別室で梱包作業を進めているとのことだ。

流れ作業のように次々と加工していくケーナは、個数を確認しているケイリックと雑談に興じる。ついでに卵の新古の見分け方も伝授しておいた。

あまりにもさらりと口にしたせいで目を白黒させていたようだ。

「すぐに手配をしなくては！」

とメモをした紙を使用人に渡して商業ギルドに走らせる、といった念の入れよう。

「そんなに慌てることなのね……」

「ええ、お婆様。これで食中り（しょくあたり）を起こす者が減りますから」

やはりどこの国でも食卓事情は一緒のようである。

「それで麦のこと、ありがとうね。でもタダで良かったの？」

「いえいえ、キチンと料金は貰ったはずですが。担当の者が何かミスを？」

「料金って、輸送料だけじゃないの。ほぼ手数料みたいなものでしょう」

「初回サービスというものですよ。次は適正料金を頂きますけれども」

「はいはい。じゃああありがたく貰っておくわね」

「ええ、そうして頂ければこちらも助かります」

顔を見合わせて笑いあう二人。ちなみにクーは部屋の中をあちこち見回っていたが、今は飽きてケーナの頭の上で寝っ転がっている。

「……それにしても」

「なぁに？」

「お婆様が妖精をお連れになるとは思いませんでした」

「なんか、珍しいらしいわね。よく知らないけれど」

　ケイリックはその言葉に眉を顰め、偏屈な好事家に目を付けられかねない危険性を示唆した。

　言葉巧みに近付いてきて金を積み、それが叶わぬとあれば実力行使に出るのだという。

「まあ、お婆様相手に実力行使もないでしょう。相手が破滅する様子が目に浮かぶようです」

「あのね……」

　笑いながら恐ろしいことをのたまうケイリックにケーナは呆れる。

　確かに家族に手を出す相手に容赦はしないが、盗賊の時のような対応を街中ですれば悪認定されるのはケーナの方だろう。そこら辺は腕の見せどころである。

　ただ手持ちのスキルは強力なのが多すぎて、手加減するのも一苦労だ。

　穏便な方法を考えていると、ケイリックが気を逸らすように茶菓子を勧めてくる。

「こちらの依頼だけでも完了していれば充分です。休憩に致しましょう」

「あら、そこにある分はやらなくてもいいの？」

「ええ、今やってもらった貴族の方は自己顕示欲が強いのです。黙っていても方々に見せびらかして宣伝をしてくれると思いますよ」

　つまりは体のいい広告塔にするわけだ。

その分ケーナも呼び出される回数が増えることになるだろう。

家族を養わなくてはいけないため、多少の苦労はして然るべきである。

肩の力を抜き、ケイリックが手ずから淹れてくれたお茶を一口飲んだところで、脳内に緊急メールの着信音が鳴った。ケーナは危うく茶を血煙のように吹き出すところだった。

「なにーっ？」

『フレンド通信、シャイニングセイバーカラ緊急連絡デス。読ミ上ゲマス「王都襲撃ノ予兆アリ、救援求ム」トノコトデス』

「何よ、それっ！　ちょっと目を離した隙にいったい何が起こっているの⁉」

「お婆様？」

「ごめんなさいケイリック。フェルスケイロで何かあったみたいだから、この続きはまた今度ね！」

「何か？　何かとは何です？」

「それが分からないから何かでしょーが。じゃあね！」

「は、はあ。お、お気をつけください」

「うん、ごめんね」

その場で【転移】の魔法陣特有の紫色の光芒に包まれて、ケーナは瞬時に姿を消した。

気が気でない思いで見送ったケイリックだったが、フェルスケイロの一大事らしいと聞き、母親に確認すればいいのではないかと気が付く。

あまり気は進まないが、かといって他にすぐさま頼れる伝手もなかったため、諦めて【以心伝心】を起動させるのであった。


ことの起こりはケーナたちが村に帰還したくらいの頃であった。

ズタボロになった冒険者らしき男が、暴走した馬ごとフェルスケイロの西門に突っ込むという事件が発生した。もちろん西門は頑丈なので、突っ込んだ側に大ダメージがいったが。

馬は泡を吹きながら倒れ、その衝撃で落馬した男は全身血まみれであった。怪我もそうだが、装備も辛うじて体からぶら下がっている程度という酷いものだ。

門番の兵士たちは慌てて男を介抱し、ポーションをぶっかけて容態を診る。

「た……助けっ」

「おいしっかりしろっ！　話はできるか、何があった？」

「ほら、水だ。ゆっくり飲め！」

衛兵が口元にコップを持っていき、零しつつも飲んだ男が掠れた声で助けを求めた。なんとか聞き取れたその報告に衛兵たちは仰天することになる。

獣や魔物が群れをなして隊商を襲ってきたというのだ。仲間たちは遊び半分に巨大な魔物たちに殺され、男だけは痛めつけられた後にメッセンジャーとしてフェルスケイロに向かわされたという。

それだけ必死になって兵士に伝えた男は、疲労から意識を失った。

あまりそのような戦いを経験したことのない兵士でも、今の話を嘘や冗談だと思うことができずに方々に使いを走らせる。

城に伝令を飛ばし、王の判断を仰ぐ。門番を纏める隊長は自己判断で冒険者の斥候を雇い、西側の通商路を確認してもらった。運よく警邏中だった騎士を捕まえられたので、騎士団長への連絡と隊長の取った手段も報告してもらう。

とりあえず冒険者の術士が使い魔を偵察に出して雑多な魔物の集団を確認する頃には、同じような報告が別の旅人によってもたらされたのである。

事態を重く見た上層部は緊急会議を開き、王都全域に警戒態勢を通達した。大司祭が賛成したおかげで、速やかに議事が進行したとか。

冒険者ギルドにも召集が通達される。丁度暇を持て余していた数パーティの計五〇人ほどが参加した。西側の通商路が復活したせいで護衛依頼が多く出ていたため、それを受けた冒険者もそれなりに出ていた。幸い魔物の群れには遭遇せず、難を逃れたようである。

被害にあった隊商はそんな護衛依頼を出した中で、最後にフェルスケイロを出発した一団だった。

貴族からも私兵が駆り出され、都市防衛に回される。学院からも自己責任で回復魔法の遣い手や調合士が参加し、本部詰めに回されるのであった。

学院長のマイマイは前歴があるために強制参加で騎士団と行動を共にし、妹が参加するなら と周囲の反対を押し切って大司祭のスカルゴも同様に前線へ。ついでにバリケードや急造の陣 地を作るためにと、工房長のカータツもメイスを担いでそこに加わった。

「なんで兄さんたちまで……」

「俺はほら、こういう時こそ腕の見せどころだからな」

「ふっ。放っておいても怪我人は出るでしょうから、癒し手は必要不可欠でしょう」

各自スタッフを学院と教会と工房から連れてきているため、急造の本陣が既に定員オーバー になっていた。

「またとんでもないメンバーが固まっているな……」

そこへ騎士や兵士を取りまとめて騎士団長のシャイニングセイバーが到着。すし詰め状態の 本陣テントを見て苦笑する。

「おや、今頃お着きですか、騎士団長？」

「兵士や騎士が上の許可なしにホイホイと動かせるか！　現状はどうなっている？」

周囲にクエスチョンマークをたくさん浮かべたスカルゴのあっけらかんとした問いに、苛立 った様子でシャイニングセイバーが返した。続く問いにこの場の指揮を執っていた門番の隊長 がすっ飛んでくる。

陣地を構築している最中なことと、魔物の規模を再度使い魔を使用して冒険者が調べていることが報告された。

シャイニングセイバーは連れてきた兵士たちにカータツたちの手伝いをするよう告げた。

騎士たちは副団長の指示によって陣地構築の手伝いをする仕事と、本部に荷物を搬入する仕事に分かれた。三々五々散っていく騎士と兵士が近くにいなくなると、シャイニングセイバーは大きな溜息(ためいき)を吐きだした。

「俺の代でイベント多すぎだろう……」

「いいではありませんか、書類仕事は飽きたのでしょう。言っては何ですが渡りに船かと」

「……やめろ」

副団長に嫌味を言われたシャイニングセイバーは、あからさまに落胆した様子だ。

「都市の護りのことも考えると使える兵士も多くない。私兵を加えても命令系統が違うし、どうしたもんかね」

「冒険者も出払っていますしね。タイミングの悪い時に起きたものです」

近くに部下がいないからと愚痴り放題のようだ。次々に垂れ流されるどうしようもない恨み節に、マイマイとスカルゴは顔を見合わせて苦笑するのだった。

夕方頃には術士の使い魔によって敵性集団の大体の規模が判明した。

国境近辺の魔獣をかき集めたような混成らしく、中にはホーンベアのような捕食獣と兎(うさぎ)などの被捕食獣の共存が確認された。

　この現状によって魔獣たちの本能的な行動ではなく、人為的な何らかの術によって引き起こされているのではないか？　と判断された。何が起こるか分からないため王都全域に外出禁止の戒厳令が出される。

「魔獣系統？　最初の被害者から報告のあった巨大な魔物ってのはいないのか？」

「狼（おおかみ）や熊や兎にゴブリンなどが交じっているそうですが、巨大な魔物という報告はなされておりません」

　肝心の術士は偵察を数回行使しただけでぶっ倒れてしまい、これ以上の調書を作成するのは困難な状況であった。騎士たちが頭を悩ませているところへマイマイが手を上げる。

「なんでしたら、私が精霊を飛ばしましょうか？」

　この場ではシャイニングセイバーに続く高レベル者の提案である。ケーナの言によれば魔法攻撃のスペシャリストに育てたようなので、そこら辺りは期待しても問題ないレベルだろう。

「む、マイマイ。お前はそんなものが使えたのか？」

「ちょっと兄さん。人を火力特化だけだと決めつけないで。ちゃんと幾つかの精霊召喚はお母様に教わっているんだから」

「そうか。なら安心して任せてよいのだな」

　満足そうに頷くスカルゴの背後では不安を示すどんよりとした雲が広がっていて、それを見たマイマイが拳（こぶし）を握って殴りたそうにしていた。

同席した皆が心の中で殴ってもいいんじゃないかと頷いていたのは秘密だ。

マイマイの召喚した【風精霊】によって相手側の陣地には魔獣の群れしかいないことが判明した。

問題は、その群れの中に巨大な魔物と思われる存在が確認できなかったことにある。あとその群れが最初に確認された時より、倍近く数が増えていたことか。

王都の西門の防衛が整うのに一日掛かり、翌日に門よりやや離れた場所に柵が張り巡らされて簡易な防衛陣地が構築された。

こちらには学生や神官など、搬送されてきた怪我人を癒す者たちが集められる。もちろん、希望者は前線にも出ることになっているので、こちらに運ばれるとしたら重傷者か処置のしきれない者だろう。

更にそこから数時間かかる距離に最前線を形成し、兵士や騎士団の主力を配備する。

傭兵（ようへい）や緊急に集められた冒険者の混合部隊が回されていた。一応派遣されてきた貴族の私兵も含まれていたが、冒険者たちとの間には不穏な気配が漂っていた。

指揮系統が混乱するのを防ぐために、騎士団長の指揮下に入ってもらうのが条件である。とはいっても命の危機を感じたら逃げてもいい、という言質を取り付けた冒険者たちもいて、最悪を考えると後がない状態である。

部隊の後方にはスカルゴやマイマイも控えることになっている。そのことを不安に思っている者がいるのも確かだ。

夜が明けると、街壁の外側の本陣にはあちこちからの情報がひっきりなしに入ってくる。緊急以外の報告は副団長によって整理されて、団長のシャイニングセイバーに届けられる。相談役として呼ばれたスカルゴとマイマイを交えて会議が行われていた。カータツは工兵として今もあちこちでバリケードを構築しているようだ。

話の内容としては怪我人の移送や、治療と攻撃魔術を担う生徒の投入についてである。

「基本、部隊の後方から魔物に対して先制攻撃。その後は後ろに下がってもらうのでいいな？」

「血の気が多い子もいるけれど、乱戦に撃ち込むわけにもいかないものね。そこは言い聞かせるわ」

「それよりスカルゴ殿は本当に前線に詰めるのか？」

「母上ほどとはいきませんが、部隊全体に防御魔法くらいならかけられます。その後は治癒一択になってしまいますけれども、いないよりはマシでしょう」

大司祭が前線に出てくる影響で士気は増すだろうが、危ういのも事実だ。

ただ三〇〇レベルを持つ身としては、ホーンベアに殴られた程度でこの兄妹に傷がつけられることはないだろう。

それを知っているのもシャイニングセイバーだけなので、他の者たちは後ろに引っ込んでいて欲しいと願っていたりする。

なにせスカルゴ大司祭と言えば偶に演説などで民衆の前に出たりした場合、ピカピカ光って唸ったり花が咲いたりする印象しかないのだから。

「やれやれ、俺の任期中にはこういう総力戦みたいなのは、起こって欲しくなかったんだがなあ……」

「あら、武勇に優れるシャイニングセイバー殿らしくない言い回しね？」

「主に〝武勇だけ〟だがなー。ここ数年で部隊運用なんかは慣れてきたが、戦争じみた事態なんか想定するかよ。まだ前に出て魔物殴った方がはええよ」

「確かに、我ら三人でことに当たれば魔物の群れ程度ならどうにかなるでしょう。しかし、それで済んだ場合には騎士団の存在意義を見失うと思いますよ」

治癒に長けた神官やシスターを各隊へ振り分けたスカルゴの真面目(まじめ)な意見に、本陣が静まり返る。

主に「え？　コレ誰？」な方向で。

「何ですか！　二人揃ってその反応は!?」

「……え？　だってなあ？」

「ええ、ちょっと私も実の兄なのか自信がないわ」

背後に出現した暗黒の渦巻きと共に機嫌が急降下して後退していくスカルゴを引き止め、「冗談だから」「スマン」と謝る二人。スカルゴ大司祭はむくれて拗ねてしまう。

ファンが見たならば小躍りして喜びそうなレア場面である。

緊迫した本陣に一時漂う緩い空気が、シャイニングセイバーの一言で、途端に凍りついた。

「しかし、返信が来ねえなあ。ケーナのところに届いてないのか……？」

「は？」

「え？」

呆然とした表情の二人に、シャイニングセイバーはフレンド通信を飛ばしてケーナに手伝ってもらえないか打診したと告げる。

スカルゴとマイマイは聞いたことに愕然とするも、猛然と食ってかかった。

「お、お母様に援軍要請を出したですってっ⁉」

「なんということを……。母上殿の平穏な生活に横槍を入れる気ですか、アナタは！」

「いや、アイツだって冒険者なんだから要請出したって問題ないだろう？」

不思議がるシャイニングセイバーを、射殺すように睨み付けるマザコン兄妹。特にスカルゴの背後には「わなわな」などという文字が震えながら蠢いている。憤りを感じているらしい。

そこへ近付いて来た副団長は場に漂う剣呑な空気に首を傾げるが、気にせず団長へ報告をする。

「前線部隊が魔物の群れを視認したそうですので、皆様も移動準備を。それと南側の街壁の監視塔より奇妙な報告が入っております」

「奇妙な……？　何が奇妙なんだって？」

「はあ、どうやら南側の森の中で何者かが戦闘を行っているようなのです」

「は？　いやちょっと待て。それはどうして戦闘してるって分かったんだ？」

街壁の南側には門はないが、貧民街の他、彼らの食い扶持(ぶち)である畑が広がっており、その南は森に覆われている。

いくら街壁から見渡せると言っても、森林内で戦闘をしていると判別するのは難しい。

「いえ、何でも森の中から吠え声(ほごえ)が聞こえて、不自然な落雷が数発落ちたそうです」

報告を聞くや否や三人は眉をひそめて顔を見合わせた。

「お母様、ね？」

「うむ、母上殿だな」

「なんでこっちに顔を出さないで勝手に戦闘してんだ、アイツ……」

頭を抱えたシャイニングセイバーは、副団長を残して前線に移動する部隊を取りまとめる。

ケーナをよく知るマイマイとスカルゴは、戦闘の余波による巻き添えを防ぐために、極力南側へ近付かないようにと通達を出しておく。

ケーナの攻撃手段の中で最大威力のものはというと、どこまで被害を及ぼすか分からない範囲魔法であるからだ。

第二章
蹂躙と、侵攻と、クイズと、終息と

時は数時間ほど遡った頃である。

ケーナが【転移】で降り立った場所はフェルスケイロ東門の外側だった。

クーは肩にしがみついていたが、また村の時と同じような騒ぎにならないようケーナのマントの裏へ隠れてしまう。

王都は警戒態勢が継続中ではあるが門は開放され、旅人や馬車等が兵士に促されて急いで都市内に避難している。ただその避難は難航しているようだ。

理由は旅人たちの頭上を飛び回っている皮膜を持つ爬虫類(はちゅうるい)にあった。

「プテラ……？」

恐竜シリーズと呼ばれるそれは、ゲームであった頃はイベントなどで使用されるモンスターだ。

主に鉱山やダンジョンなどで出土した化石に魔素が集まって出現する。

単独でも三〇〇レベルから五〇〇レベルの強さを持ち、好事家が集めた化石から出現したという理由で街の襲撃などに使われていた。

貴族の邸宅を壊して、中から恐竜シリーズが出現するのだ。迷惑極まりない演出である。

プテラはプテラノドン。翼竜を模したモンスターであるが、映画などとは違いその大きさは馬くらいだ。それが五体。

それだけでも人にはとんでもない脅威となるので、一般の兵士たちでは相手にならない。

外から来る旅人たちを中に誘導しながら、上から襲い来るプテラに届かない槍を振り回している。

ケーナは上と下の状況を確認したのち、襲撃者に対して魔法を行使した。

【魔法技能：風斬集弾：ready set】

頭上に掲げるように広げた手の周囲に丸鋸に似た風の円盤が形成される。その数二〇個。

ケーナの「叩き斬れ！」との合図と共に放たれた風の円盤は、プテラ一体に四つが襲いかかり瞬く間に細切れにしていく。悲鳴を上げる暇もなく、暴風に襲われた木の葉のように翻弄されるプテラ。

ボトボトと落ちるはずの肉片は、空中で溶けるように消えていった。

「ああ、ありがとう！　キミは冒険者か。助力感謝する」

槍を振り回して追い払うことすらできなかった兵士にお礼を言われる。

傷を負っている者はいるものの、兵士たちは軽傷程度で済んでいるようだ。

街に逃げ込めなかった旅人や商人の中には犠牲になった者もいるみたいで、辺りには血の匂いが濃い。逃げ込めたとしても、上空から襲われては建物の中に避難しない限り被害を防ぐのは難しいだろう。

それよりも先にケーナは確認しなければならないことがあったので、兵士たちにプテラがどこからやって来たのか尋ねた。

「さっきのヤツがどこからやって来たのか、って?」

「はい。分かりますか?」

「それより犠牲になった人たちを弔ってやらないと。ひとまず門の中に運び込むのを手伝ってくれ」

「急を要することなんです! どっちから来ましたか?」

「う、うむ」

「何か急いでるみたいだが、理由は聞かせてもらえるのかい?」

詰め寄られた門番の隊長が、ケーナの勢いに言葉を詰まらせる。都市内から応援を呼んできた兵士がケーナを隊長から引き剝がした。

「プテラ……、さっきの空飛ぶ奴(やつ)らは先遣隊なんです。ここでグズグズしていると主力となる恐竜を含む本隊がここまでやって来てしまいますよ!」

「「「何だって⁉」」」

プテラでさえ追い払うこともできなかった兵士たちに緊張が走る。主力というからにはこれより強いのは明白である。そんな奴らに勝てる見込みは兵士たちにはない。

恐竜シリーズはプテラが先遣として現れ、その後、主力のティラノやトリケラたちが襲ってくる仕様だ。

どこから湧いてきたのかは不明だが、先日のコーラルとの会話を参考にするならば廃都(はいと)の可能性が一番高い。ゲームの敵キャラだった場合、レベルの差がありすぎて一般兵などは蹂躙されるがままになるだけだ。

「詳しくは分からないが、奴らは南側から現れた。これでいいか？」

「はい。ありがとうございます」

「それを聞いてキミはどうするつもりなんだ？」

「それはもう、主力をギタギタのメタメタにするんですよ」

手を合わせて指を鳴らすケーナに、兵士たちの顔が驚愕で歪む。可憐な見た目からはとても戦う者に見えないからだろう。

「手助けをしたいが、実は今フェルスケイロの西側から魔物が群れでやって来ていてな。我々はここから動けぬのだ。済まないな……」

「なるほど、西からですか。それにはどちらが対応されているんですか？」

兵士長に頭を下げられ、ケーナはシャイニングセイバーからの救援要請の大まかな内容を知る。

大体シャイニングセイバーが出張れば、余程の高レベルモンスターでない限りすぐに片付くだろうと思ってのことだ。

そうしないのは組織のしがらみに絡まれているか、役職を意外に気に入っているかのどちらかだろう。

「騎士団と都市内に残っていた冒険者たちですね。他にも色々……。ああ、あとスカルゴ大司祭も前線に出られていると聞いております」

「うぇっ⁉」

思わず漏らした驚きの声を、兵士長は咎めはしなかった。大司祭が前に出ることに心を痛めているんだろうと誤解してのことである。

ケーナ的には不意打ちで息子の名前を聞くと、ついつい構えてしまうだけだ。

（シャイニングセイバーにスカルゴがいるんじゃあ放っといても平気かな？）

『騎士団ガ出ルヨウナ状況デハ、マイマイモ協力シテイルノデハナイデスカ』

三〇〇レベル二名に四二七レベルが揃っているのなら、生半可な敵では相手にならないだろう。

ケーナはそう決めつけると、西門の救援に向かうよりは南側から来ている（と思われる）団体さんの方に集中することにした。

「ではちょっと行ってきますので、門はなるべく早めに閉めちゃってください」

「あっ！　おいっ！」

兵士たちに敬礼をしたケーナは街道の南側に広がる森の中に飛び込んだ。後ろで引き留めようという気配があったが、気にせずに足を速める。

マントの裏から飛び出したクーは、飛ばされないようにケーナの肩に掴まる。

「しかし今日は朝から忙しいわねえ。厄日かも……」

『ドチラニトッテノ厄日トナルノヤラ』

「キー、五月蠅(うるさ)い！」

運が悪いか良いかは別としても、ケーナの存在はフェルスケイロにとっては朗報と言えるだろう。

戦闘態勢を整えて【能動技能(アクティブスキル)】を多重起動。前方を隙なく見詰めながらアイテムボックスからルーンブレードを引き抜く。

如意棒はイヤリングからは外すが手の中に握り込んだままだ。

森の中を縫うように駆け抜けているうちに、やたらと敵愾心(てきがいしん)を持った集団が近付いてくるのを察知した。

フェルスケイロの周囲はマップを開放してあるため、ちょっと進めば敵対を示す赤点で表示された連中がマップの中を東門に向かって突き進んでくるのが見える。

ケーナは敵集団の正面に出るように進む方向を修正していく。

途中で先行しすぎていたのか、恐竜シリーズのディノと鉢合わせした。

ディノニクスタイプは両足に一本ずつ鎌のような爪を持つ小型の恐竜である。鎌は人の胴体を輪切りにできるほど大きいが、歩行に支障が出ているようには見えない。

ディノ自体は人間大の大きさだが好戦的で、獲物を見付けると飛び跳ねながら襲ってくる。

レベルは二〇〇程度だ。

それが二匹現れて飛び跳ねながら襲い掛かってきた。

対処法を知っているケーナは慌てず騒がず。飛び跳ねた瞬間の無防備なところを狙って首をはねた。

「ふ、この程度で相手になると思っているの？」

問いを向けた相手は、その先に佇(たたず)んでいた一団を率いている人型のモンスターである。

その一団の中で唯一の人型は、闇夜の魔術師(ナイトマスターロード)と呼ばれるゴブリンの上位種だ。やたらと豪華に装飾されたローブを着込み、捻(ね)じくれた杖(つえ)を持つ。

四〇〇レベルの魔物で、魔界エリアでは比較的頻繁に遭遇する。

ケーナの記憶では強い魔物の陰に隠れて不意打ちをしてくる印象しかないが、ここでは恐竜シリーズを含む一団を率いているようだ。

恐竜シリーズは二種類だけで、二本角の生えた四足恐竜トリケラ。ダンプカー並みの大きさである。三〇〇レベルが四匹。

その背後に鋭い牙の生えた顎を開き威嚇する二足恐竜のティラノ。こちらもアームを伸ばしたショベルカーくらいのデカさを誇る。三八〇レベルが四匹。

その隣に並ぶのはゴリラの姿をして、岩のような外皮をしたロックハイド。二五〇レベルが四匹。

最後尾に控えるのはネズミの頭を持つサソリだ。毒と疫病をまき散らすウィルスコーピオ。

五〇〇レベルが二体。この二体だけでも一軒家くらいある。

はっきり言ってこの戦力だけで、大陸上の国を全部滅ぼしてお釣りが出るくらいの脅威だ。

何も知らない第三者から見ればケーナの置かれた状況は、小山のような肉食獣の群れの前に放置された哀れな仔羊(こひつじ)のようである。

もちろん、この群れを率いている闇夜の魔術師(ナイトマスターロード)もその第三者に入っていた。

薄気味の悪い笑みを浮かべ、体を揺らしながら愉快そうに笑う。そして嫌らしい者でも見る目付きでエルフの小娘を見下す。

「ひょっひょっひょっ、運がないのう。この局面で出会うとはのう。違うところで出逢(であ)えておればもう少し趣向の凝った催しに加えて悦(よろこ)ばせてやったものを」

「いやー、それは遠慮したいなー。寧(むし)ろここで私に会ったのが運の尽きと言うべきでしょう」

これだけの戦力に囲まれても飄々(ひょうひょう)とした小娘の様子に、眉(まゆ)を顰(ひそ)める闇夜の魔術師(ナイトマスターロード)。

普通の小娘ならば、青褪(あおざ)めて怯(おび)えた表情で助命を懇願(こんがん)するか、錯乱して泣き叫ぶかの反応に分かれるだろう。だが目の前の小娘には余裕さえ見えている。

闇夜の魔術師(ナイトマスターロード)が警戒するように杖を構えようとした時、それは頭上から飛来した。

風を切る音と共に落下してきた風の円盤が、ロックハイドの一匹を難なく両断したのだ。

更には天より下った一条(ひとすじ)の落雷がもう一匹のロックハイドに炸裂(さくれつ)。岩の外皮をものともせず、頑健な図体を焼き尽くした。

驚愕を張り付けた顔で背後の惨状に目を剝く闇夜の魔術師。

「小娘！　何をしおった？」

「何って見ての通りだと思うけどな」

飄々とした態度を崩さずにケーナは胸を張る。大体自分より小さいゴブリン種に、いつまでも小娘呼ばわりはされたくない。

肩にしがみついていたクーも、闇夜の魔術師にあっかんべーをして馬鹿にする。

「くっ、小娘かと思って甘い顔をしていれば付け上がりおって……」

「さっきから小娘小娘と、そっちの方が小さいでしょうがっ！」

ルーンブレードの刃が灼熱色に染まり、ケーナの怒鳴り声で射出された。

咄嗟にしゃがんだ闇夜の魔術師の頭上を通り過ぎて、背後で出番を待っていたティラノの胴体にぶち当たる。

ルーンブレードの刀身は魔力で出来ているので、付加系魔法でも振って飛ばすことができる。今回の焼き切る灼熱付加魔法でも弾丸のように撃ち出すことが可能だ。

直撃を受けたティラノは胴体部に大きな穴をあけて崩れ落ちた。

「なっ、なにぃっ!?」

「短縮呪文なんて見たことなかったかしら？　二〇〇年前には日常茶飯事だったはずよ」

「くそっ、貴様まさか……。ええい！　あの小娘を殺し尽くせっ!!」

闇夜の魔術師(ナイトマスターロード)の命令に、一斉に襲い掛かる大型モンスターたち。

左手の如意棒を伸ばし、右手にMP(マジックポイント)を充填して光り輝くまでの刀身になったルーンブレードを構え、準備運動するように腕をぐるぐる回したケーナは不敵な笑みを浮かべる。

地面を爆発させながら突進してきたトリケラの一体を【戦闘技能(ウエポンスキル)：跳ね上げる兎(ラビットストリーム)】で頭部を吹き飛ばす。

左右から摑みかかってきたロックハイドの抱擁(ほうよう)を、風を纏(まと)った【跳躍(ちようやく)】スキルで回避。四メートルの高さに届くのはウィルスコーピオの尾か、ティラノの顎だ。

ケーナという目標自体が小さいので、図体のデカいものばかりのあちらさんはあまり集中して攻撃できない。闇夜の魔術師(ナイトマスターロード)に率いられているとはいえ、攻撃の仕方は本能に従うという稚拙なもの。

ケーナは落ち着いて一体か二体を順番に相手すればいいだけだ。

ロックハイドを撥ね飛ばして攻撃できる距離を確保したウィルスコーピオが巨大な針の付いた尾を伸ばすが、横から割り込もうとしたティラノに嚙(か)みつかれる。

驚いたウィルスコーピオは尾を大きく振り回して、嚙みついたティラノを吹き飛ばしてしまう。宙を舞ったティラノは一塊になって攻撃の順番を待っていたロックハイドにぶつかり、ボーリングのピンのようにこれを弾き飛ばす。

滞空中のケーナの周りで赤い煌（きら）めきが幾つもの太い槍を形成する。【赤熱爆槍（イア・ランザス）】、焼けた鉄の杭（くい）みたいな槍は割を食ったロックハイドに炸裂し、大穴を開けつつ対象を絶命させる。

ティラノが目の前を通過していったせいでたたらを踏んだもう一体のトリケラは、着地したケーナが如意棒の先に生み出したトゲ付き光球を頭上から喰らう（フルスイング）。

硬い骨の集中している頭部をあっけなく粉砕されて動きを止めた。

ここまでに倒した魔物たちは全て動きを止めた後、死骸も残らず消滅している。

残りはティラノ二体とトリケラ二体、ウィルスコーピオ二体のみだ。

瞬く間に配下の魔物が打倒されて半分になってしまい、闇夜の魔術師（ナイトマスターロード）は焦燥を隠せない。血走った目で唾を飛ばし「あの小娘を何としてでも殺せぇい‼」と喚（わめ）くばかりだ。

まともに相対しても倒せない敵を相手に、頭に血が上ってしまえば勝率は落ちる。せめて率いている魔物に連携するだけの知性があれば、もう少しマシな戦いになっただろうに。

雁首（がんくび）揃えて噛み砕こうとしてきたティラノ二体を如意棒で押し止め、【招雷乱撃（ソロ・ラガ）】で撃ち倒す。雲一つない上空から落ちてきた雷撃に乱れ撃ちされ、ティラノたちは体のあちこちを炭化させながら消えていく。

ウィルスコーピオが振り回した尾を避けたケーナは一旦後ろに飛んで間合いを開け、残った群れに【威圧】と【魔眼】を集中させる。

自分たちを率いるものより強大な重圧を掛けられて、ビクッと震えながら停止する魔物たち。

当然その余波は闇夜の魔術師(ナイトマスターロード)にも及んでいる。

しかし憎々しげな表情の闇夜の魔術師(ナイトマスターロード)は、杖を振り上げ魔法の準備に入る。

「貴様！　女神の言っていた守護者(ガーディアン)かっ⁉」

「知るかそんなん！　さっさと片付けて次に行きたいんだ私は！」

【戦闘技能(ウエポンスキル)】を発動させたケーナは、黄土色に輝く魔力を纏った如意棒を大きく振りかぶる。

対する闇夜の魔術師(ナイトマスターロード)の杖にはどす黒い闇が結集し、扇のような骨組みが形成される。

【魔法技能(マジックスキル)：黒衝弾(ハザードブラスト)】

闇夜の魔術師(ナイトマスターロード)の杖から射出された骨組みはどす黒い槍となり、ケーナ目掛けて撃ち込まれた。

闇系統の範囲魔法で、術者から扇状に拡散する限定範囲攻撃魔術だ。

ケーナの左右の逃げ道を塞ぎ、前進を阻害するつもりだろう。

狙われたケーナは特に表情を変えずに、右手に持ったルーンブレードを下から上に振り上げた。

【飛斬(ひざん)】

ルーンブレード特有の特殊効果。

蓄えた魔力を半月形の衝撃波に変えて飛ばし、対象を切り刻む技である。

ケーナに当たる軌道だった黒い槍だけを弾いていくが、欠点として一直線にしか飛ばないので方向さえ分かれば避けるのは簡単だ。

現に闇夜の魔術師（ナイトマスターロード）は慌てて横に逃げた。その代わりに後ろで攻撃の機会を窺（うかが）っていたウィルスコーピオ一匹を縦真っ二つにしてしまう。

それだけでは威力が衰えず、更に木々を縦割りにしながら斬撃が森の奥深くに消えていく。

ケーナはタラリと冷や汗を落とす。植物の悲鳴が木霊（こだま）しているからだ。

戦闘中にそこまでケアしている時間もないので、今のところはスルーするしかないが。

後ろで地響きを立てて倒れた配下の主力の惨状を振り返り、闇夜の魔術師（ナイトマスターロード）も冷や汗を垂らしていた。ようやく今相手にしている存在がどれだけ規格外なのかを思い知ったようだ。

【剛腕の撃槌（クラッキングアース）！】

強い魔力を感じ慌てて振り向くと、ケーナは如意棒を地面に突き刺したところだった。

攻撃の機会を窺っていたウィルスコーピオ一体とトリケラ一体が、大地を砕きながら陥没した大穴に飲み込まれてしまう。

「なんだとっ⁉」

動揺した隙を縫ってケーナは次の魔法を解き放つ。

【魔法技能（マジックスキル）：轟雷顕現（マキシ・ザン・ラガ）：ready set】

「撃ち滅ぼせ！」

周囲を白色に染め上げた極太の雷撃が大穴に突き刺さった。突き刺さっただけでは事足りず、さらに大地を砕きながら大穴を広げていき、右に左にと揺らめきながら被害が拡大されていく。

あっという間に残ったトリケラまでもが巻き込まれ、闇夜の魔術師(ナイトマスターロード)も顔を引きつらせながら必死で轟雷の範囲外へと逃げ出す。

暫(しばら)くして魔法の効果が失われ、チカチカした目が回復した頃には辺りは酷(ひど)いことになっていた。

轟雷が移動した大地はS字どころかいろは坂のような陥没跡が刻まれて、直撃を免れた周囲の木々は焼け焦げて山火事の跡地のよう。

調子に乗ってやらかしてしまったケーナは、周囲の状況と植物の悲鳴に頬を引きつらせた。ちょーっと目にもの見せてやろうと思ったのだが、最上級雷撃魔法を選択すべき場面ではなかったようだ。

闇夜の魔術師(ナイトマスターロード)は尻もちをついたまま、破壊跡を呆然(ぼうぜん)と眺めている。

「さて、後はアンタだけだけど？」

ケーナが油断なく構えながら声を掛ければ、闇夜の魔術師(ナイトマスターロード)は我に返ってふらつきながら立ち上がる。

「ククク、まさかこれほどの魔術師を敵に回していたとはな……」

やや投げやりな言い方で、のろのろと杖を構える闇夜の魔術師(ナイトマスターロード)。諦めたようにも見えるが、こういうのに鼬(いたち)の最後(さいご)っ屁(ぺ)をされたことも多いので、ケーナも油断なく如意棒を向けた。

「こちらの作戦は失敗したが、人間共の都を落とす方にはこちらの手駒でも厄介な奴を向かわせている。奴に任せておけば問題ない……」

「何を向けたって？」

「小娘に話すことなど何もないわ！」

怒号と共に闇の礫(つぶて)が飛んできたが、それらは全てキーの障壁に止められた。

「っ!?」

目を剝いた闇夜の魔術師(ナイトマスターロード)ではなく、フェルスケイロ西門の方を気にしながらケーナは次の魔法を行使した。

【召喚魔法(サモンマジック)：load：クリムゾン・ピグ（小）】

「くっ、この期に及んで召喚かっ！」

「生憎(あいにく)と相手はアンタじゃないんだよ」

「何だと!?」

闇夜の魔術師(ナイトマスターロード)の相手はケーナ自身がするつもりである。

召喚した者は何をするのかと言うと……。

「あっちはお願いね、ぴーちゃん」

「ぴ――――っ!!」

魔法陣からポーンと飛び出してきたのは全長五メートル体高三メートルのうり坊（五〇〇レベル）だ。

彼はケーナの言葉に「まかせろ！」とでも言うようにかわいい雄たけびを上げ、短い足を高速で動かして土煙を巻き上げながら急発進した。

「何じゃとおおっ⁉」

クリムゾン・ピグのぴーちゃんは【戦闘技能（ウェポンスキル）：突撃（チャージ）】を行使して障害物となる木々を粉砕しながら、森の中を西門の方に向かって全力疾走していった。

戦闘前には一五対一だった数の優位が、ほんの少しで一対一になってしまった。闇夜の魔術師（ナイトマスターロード）は陥った状況を引き起こした元凶を憎悪に歪んだ顔で睨（にら）む。

気持ちは分からないでもないが、今の時代彼女を敵に回すのは悪手である。ほぼ自業自得とも言えよう。

「伸びろ！」

「ッ⁉」

その不意を突いて伸ばした如意棒が、闇夜の魔術師（ナイトマスターロード）の手から杖を弾き飛ばす。

想定外の光景を見せ付けられて脅威度の下がった闇夜の魔術師（ナイトマスターロード）はジリジリと後退する。

ケーナから放出される濃密な魔力に押されたのか、腰が引けている状態だ。

そんな敵の状態を好機と見たケーナは、如意棒を引っ込め右手のルーンブレードに魔力を注ぎ込んだ。

明滅するような赤い刀身を見た闇夜の魔術師（ナイトマスターロード）は、魔法の構築が終わらないうちが好機と考えたのだろう。踵(きびす)を返して逃げに徹しようとした。

そんな行動をあざ笑うかのように、ケーナはルーンブレードを振って魔法を行使する。

【魔法技能(マジックスキル)：炎嵐舞溶(イア・コーブア・ストリーム)：ready set】

刀身から解き放たれた魔力が赤い蛍となって円を描くように舞う。

粒は寄り集まって線となり、それが火弾と変わって、闇夜の魔術師(ナイトマスターロード)の周囲を籐籠(とうかご)の模様のようにくるくると取り囲む。

闇夜の魔術師(ナイトマスターロード)は赤い竜巻の本来の形とは逆、底が広いタジン鍋の蓋(ふた)のような形の天辺(てっぺん)に、青白い炎が固まっているのを見付け硬直した。その球体はどんどん大きさを増していく。

五メートルから一〇メートル。一〇メートルから二〇メートルへ。

二〇メートルを超えたところで、ケーナが親指を立てた握り拳(にぎりこぶし)を下へ向ける。

次の瞬間、巨大な青白い炎球がストンと落下。あっけに取られていた闇夜の魔術師(ナイトマスターロード)を難なく飲み込んだ。一五〇〇度にもなろうかという高温の中で対象は瞬時に燃え尽きて炭化し、崩れ落ちる。

炭をも溶かした炎球は最後に大爆発を起こし、元からあった籐籠模様に沿って上空に炎を吹き上げた。

その噴火のような炎柱はフェルスケイロの街中からもよく見えたという。

武器を収めたケーナは、周囲の木々に謝罪の言葉を述べながらうり坊の後を追って西へ向かおうとしたところで、キーからまた別の緊急通信を聞く。

『先程、フレンド登録者ノクオルケヨリ伝言（メッセージ）ガ届キマシタガ』

「うん、なんだって？」

『「守護者ノ塔デ亀ッテ知ッテイルカ？」ダソウデス。戦闘中ダッタノデ留守電返答「取り込み中」ト、勝手ニ返信シテシマイマシタガ、ヨロシカッタデショウカ？』

「亀ぇ？　って九条（くじょう）のじゃなかったかなあ？　返信は一応入れておこう。えーっと……」

クオルケがいるならばエクシズも同行しているはずである。

元タルタロスであるエクシズがいるのなら大丈夫だろう。問題は守護者の塔にクオルケたちが何をしているかだが、そんなことは気にしないケーナは先にフェルスケイロの方を片付けようと駆けだした。


今回のフェルスケイロ王都襲撃は『廃都』から流出したイベントモンスターによるものだ。

本来ならばオウタロクエス国で結界の監視をしているため、なにか異常事態が起きた時には周辺国への連絡、対応などが行われる。

例えば騎士団が出動して一時的に街道を封鎖したり、国境を閉じたりして対処するはずだった。

しかし少し前に漏れ出した六匹のゴブリンとの戦闘で騎士団の半分が行動不能になってしま

い、再編成をしている最中だった。

たかがゴブリンと侮るなかれ。そのゴブリンたちは【ファヴルェ領域警備隊】と呼称される立派なイベントモンスターだったのである。

二〇〇レベルのゴブリンに、平均で三〇レベル程度の騎士が敵うはずもない。通りすがりだという冒険者の介入がなければ、彼らは全滅するところであった。

それと今現在オウタロクエス王都の方も人手不足がたたって、それどころではない状態にあった。

原因は今、王都に接近している巨大な脅威にある。

その脅威とは、大きさが東京ドームほどもある甲羅を背負った巨大な亀だ。

腹ばいでノタノタ歩く系統ではなく、ガラパゴスゾウガメみたいにきちんと胴体を浮かせ四脚歩行する形の亀だ。しかもその巨体は腹側の甲羅を見上げるような部分しか見えず、全貌が捉えられない。

それは『古の遺物』と呼ばれる存在であった。

そして、現在のオウタロクエスでは貴重な観光資源だった。

その亀は広大なオウタロクエス領土の国境の縁を二〇〇日くらいかけてゆっくり一周する。

誰もその存在理由を知らない生物である。

それがどうにも年々軌道がズレてきているようで、今回に関しては王都直撃コースを取っていたようなのだ。

もちろん国も、のほほんと見ていたわけではない。

あの手この手を駆使して色々対策を試していたのである。しかし相手は形はどうであれ〝山〟であったのだ。ちっぽけな人の手でどうしろというのだろうか。

ついでに廃都の結界にも軽く触れてしまったようで、その歪みから出た魔物たちが、今現在フェルスケイロに影響を及ぼしていた。

一年ほど前から対策を講じてきたオウタロクエスの苦肉の策の一例を見ていこう。

まずは基本的な対策として落とし穴を掘ってみた。しかし相手が巨大すぎて、落とし穴自体も対象をどうにかするほどの大きさが確保できなくて失敗。

破壊しようと試みたが、何百発もの攻撃魔法をその身に受けて亀は悲鳴の一つも上げなかった。焦げ跡すらも見受けられず、これもまた失敗に終わる。

逆方向に引っ張ったり押したりすればという案が持ち上がったが、亀のパワーに匹敵するモノがなくボツ案となった。

餌でおびき寄せるという案も出たが、この亀が何かを食べている瞬間を誰も見たことがなく、何を食べるのかも分かっていないのでボツとなった。

ここに至るまでありとあらゆる案が会議場を吹き荒れたが、どれも実を結ぶことはなかったのである。ほぼ現場が右往左往して終わるような結果であった。

そしてつい最近になるが物理的な対策を立てている部署とは別に、書物を調べて解析している部署からとんでもない報告があがってきた。

どうやら甲羅の上に建物があるらしい。

なので『そちらに赴いてから住んでいる者に対して停めてくれるように頼めば、この危機を回避できるのではないか？』という藁をも掴む結論に至った。

直ちに騎士団や冒険者から希望者を集めて山のような亀に挑む作戦が決行された。

そしてその無謀な策に挑む者たちの中に、エクシズとクオルケの姿があった。

護衛依頼でオウタロクエスにやって来たら、冒険者ギルドの職員から「どうしてもお願いします」と頼まれたのである。

のろのろと、だが確実に王都を踏み潰そうと進行してくる亀を見上げ、エクシズが呟く。

「なあ、もしかしてこれって、ケーナの捜していた守護者の塔なんじゃねーの？」

「ああ、そうかもと思ってさっき伝言飛ばしてみたんだがねぇ、『取り込み中』って返って来たさね」

「限界突破が取り込み中かよっ⁉　いったいどんな厄介事に巻き込まれているというんだ……」

オウタロクエスの王都より随分と離れた森の中で、集められた冒険者や兵士たちは待ち構えていた。

挑む者たちは各自自分たちで画策した、亀を登攀する準備に追われていた。

彼らがまず直面した第一の難関は『どうやって登るか？』である。

それに関しては彼らが待ち構える地形が一番適していた。そこは巨木が何木も生えている特殊な場所であった。

とはいえいくら巨木、巨大な樹木と言っても梢の部分までで、亀の背中の甲羅の縁より低い位置にある。そこからいかにロープを引っ掛けて甲羅の上に登るかが問題だ。

どずうぅぅぅん！

と聞こえてくる一歩の間隔が約八〇メートルほど。しばし間を空けて足元から微細振動が伝わってくる。

足元から登ろうとすると、度々この振動に悩まされることもあって殆どの挑戦者たちは木登りから始めた。まあ木に生息する魔物もいるので途中で脱落した者も少なくない。

ちなみにエクシズたちはこの亀を見るのは初めてではない。

過去に噂を聞いて見に来たことがある。まさかそれによじ登る日が来ようとは、その時は思いもしなかったが。

「行かんのか？」

更に今回は飛び入り参加が一人加わっている。

決死の特攻隊メンバーの中に交じっていたドワーフが、何故だかエクシズらと行動を共にす

ると申し出てきたのだ。

何でも「おぬしらと一緒のほうが面白そうじゃ」ということらしい。現地人とはレベルが違うと決めつけて断ろうとしたが、言葉巧みに言い負かされて一緒にここまで来てしまったのだ。

「名前は少々難しいのでな、気軽にジジイとでも呼べばいいぞ」と言われても、馬鹿正直に鵜呑みにするわけにもいかないエクシズたち。

ドワーフにも色々人の想像できない事情があるのかもしれないと、二人は彼と行動を共にすることを了承したのである。

「俺たちは俺たちなりに登る方法があるが、爺さんは大丈夫か？」

「見くびるでない。年寄りの蓄えた知識と技をよく見るがいい」

「大丈夫そうさね。んじゃさっさと行くよ」

エクシズたちの出発地点は木の上ではなく、地面からだ。戦闘補助系の能動技能を駆使すれば、この程度の登山など苦にもならない。

三人は森の梢の遙か上に見える甲羅に向かって行動を開始した。

エクシズは【能動技能：地走り】を駆使して、巨亀の足から甲羅まで一気に駆け上がった。

このスキルは効果時間内であれば、壁だろうが天井だろうが足の着く場所を走破できる。

ギリギリ時間内であったため、かなり冷や汗モノだった。

クオルケは鞭をあちこちの突起に絡みつかせながら登って来た。【浮遊】も併用していたので、特に危険もなかったようだ。

後になって、もしものために掛けてもらえば良かったと、エクシズは愚痴っていた。安全策はあればあるほど安心できたのだから。

「いつまで愚痴ってるんだいエクシズ。とっとと行くよ」

「あ、ああ。っと爺さんは？」

「何を言っているんさね。エクシズの後ろにいるじゃないかい」

「は⁉」

驚いて振り向いたエクシズの背後には、柄の長い大斧を肩に担いだドワーフの姿があった。

一体いつどうやって上がって来たのかと首を捻るエクシズに対し、ドワーフの爺さんは柄の先で彼の腰を突き、早く行けと急かす。

歩き出したエクシズに並んだクオルケは小声で会話をする。

「今さっきケーナから返信が来たんだけどねえ」

「なんだって？」

「『クイズ頑張って』だとさ。意味分かるかい？」

「クイズと亀に何の関係が……って、なんだこりゃあ？」

甲羅の縁から坂を登り、天辺に見えてきた建築物は四角い箱型だった。ついでにその屋上からはにょっきり伸びた赤い電波塔が立っていて支えのないリングを貫いている。

建物の入り口側の上には立体の文字が貼り付けてあり、そこには〝九条テレビ局〟と文字がある。

洒落なのかマジなのか判別がつかない。エクシズとクオルケは苦虫を噛み潰した表情に変わっていた。

彼らの背後が不意に騒がしくなる。

振り返った視線の先にはマントをなびかせてこちらに歩み寄ってくる騎士が数人。

ロープを甲羅か何かに掛けて、どうにか登ってきたのだろう。

騎士甲冑を着込んでの登攀とは、その国に対する忠誠には感心するばかりである。

先頭にいた中年の騎士は険しい顔で、立ち止まっているエクシズたちを睨み付けた。

「国家の一大事だぞ、ぼんやりしている暇はない。お前たち冒険者にも早く解決することで報酬の金額が決まると伝えてあるはずだ」

返事は聞かずに一緒に登ってきた部下三人を纏めると、建物の中に入ってしまう。

騎士四人が入り込むと今まで開けっ放しだった扉が音を立てて閉じ、中でガシャンと施錠する音が響いた。

慌てて駆け寄り取っ手を引っ張るが、施錠された扉はエクシズのパワーでもビクともしない。

「え？　あれ⁉」

「慌てるでない。一度に入れる人数は決まっているのじゃて。少し待て」

「お爺さん、よく知っているな。来たことがあるのかい？」

「……幾度となくな」

顎に手を当て感慨にふけるドワーフに、何か難しい事情があるのだろうと思ったクオルケはそれ以上の追及はしなかった。

一〇分程度経った頃だろうか。「ばい～ん！」とかいう愉快な音と共に天井が大きく開き、そこから先に部屋に入った四人の騎士が射出された。

放物線を描いた彼らは「ぎゃああっ!?」とか「うわあああっ!?」とか、ドップラー効果を伴った悲鳴と共に眼下の森へ消えていく。

冷や汗を垂らしながらそれを見送った二人は「死んだんじゃねえか？」と呟いた。

「死ぬことはないじゃろう。そういう風に作られておる」

確信を持って言い放つドワーフの爺さんに目をやるも、この人も過去に同じ目にあったんだろうなーと遠い目をするクオルケだった。

同時に扉の施錠が解除され再び開く。

先に入ろうとした爺さんを制したエクシズは、「若い者の後について来いよ」と言って先に中へ足を踏み入れた。その後にクオルケが続き、何やら嬉しそうに鼻を鳴らしたドワーフを最後に扉は閉まった。

「…………」

「なんじゃこら……」

「見ての通りじゃ」

室内に入ったエクシズとクオルケはそのあまりに懐かしい、どこかで見たことのある光景に顎を落とした。

内部はまるでバラエティ番組を撮影するためのセットそのものだったからだ。

床の中央に大きく描かれたマルとバツ。

ゲストたちが居並ぶ個別の小さい席。

壁一面に大きく描かれたどこかの国の象徴たる女神像。

手前に置いてあるカメラ機材に、司会者が解説なりをする大きな席。

そしてその手前にこの場にそぐわない物体が浮いていた。

蓮(はす)の花を模した台座に結跏趺坐(けっかふざ)をした半裸の神仏像。全身金箔(きんぱく)張りだ。

そしてエクシズたちが恐る恐るセットの中央にまで歩み寄ると、瞑(つむ)っていた目を薄く開けて金箔神仏像が侵入者たちを睨みつけた。

剣を抜くなりしてそれぞれに警戒態勢をとるエクシズとクオルケ。ドワーフの爺さんだけは特に何もせずに神仏像を眺めているだけだった。

「ようこそ、次の挑戦者の方々。ｍｅはこの守護者の塔の管理者でありますえ。数々の至高の御技と英知を求めていらっしゃったのですね？」

「は？」

「……え？」

浮いていた神仏像から流暢な、それでいて珍妙な方言の挨拶をされて戸惑う二人。

ドワーフの爺さんだけは斧を担ぎながら「ふんっ」と小馬鹿にしたような息を吐く。

薄く開いた瞳にちろりとドワーフを映した神仏像は、「Ｏｈ」と肩を竦め感嘆する。

「再見！　いらっしゃったのですね、お爺様？　今度は三人で挑戦と……。成程それなら正解率も上がるでしょう。はっきり言って先程の方々のような無知は本当に面白くありませんでしたえ」

神仏像の話を聞く限り、ドワーフの爺さんは挑戦者としては常連のようだ。

いささか呆れた様子のある神仏像は三人をスタジオ中央のマルバツまで誘う。

そこに立った途端に三人の頭上に『00／00』のカウントが出現した。

左側の数字が青色、右側の数字が赤色で、クオルケとエクシズが疑問を挟むよりも早く神仏像が解説を入れる。

「出題は一〇〇問、先に八〇問正解でクリアなのぜ。しかーしっ、先に二〇問間違えた方はそこでリタイアアアァッ！　遠慮なく資格なしと判断して外へ放り出させて頂きますえ。準備はよろしいですね？　それでは！　スキルマスター№2！　九条様管理下！　守護者の塔！　試練開始致しまーす！」

どこからともなく会場全体に「ぱぱらぱぱらぱー！」と気の抜けたファンファーレが鳴り響き、少し照明が落ちて薄暗くなったところで、三人にスポットライトが当たる。

「何だこれは？」

「何なんだいこれは？」

始まったというのにエクシズとクオルケは全く状況が呑み込めていなかった。

一番最初はマルバツクイズからだ。

中性的な雰囲気の神仏像とは別の、物静かさを感じられる女性の声で問題が読み上げられていく。一問ごとの制限時間は五秒だそうで、まごまごしている暇はない。

『それでは第一問目。スキルマスターは全部で一四人である。マルかバツか？』

特に疑問を挟まずクオルケとエクシズはバツの方へ移動した。

そしてドワーフの爺さんがマルの方に立ったままなのにギョッとする。

慌ててこちらへ呼び込もうと思ったが、時すでに遅し。ドワーフの爺さんの頭上には黄色いベルのグラフィックが現れて「リンゴーン♪」と音色を響かせた。

ドワーフの爺さんの頭上の数字が『01／00』に変わる。同時にエクシズとクオルケの頭上には大きな赤バツ印が現れ「ブブーッ！」と音が鳴り、二人のカウンターが『00／01』と変わった。

「え？　あれ？　何で⁉」

「クソッ、爺さん以前この問題に直面したんだろう。先に教えてくれよっ！」

悔し紛れに悪態をつく二人に、ドワーフの爺さんは涼しい顔だ。

「スキルマスターは当初一四人おった。これは本当のことじゃ」

「……って、それ知っているってことは爺さんプレイヤーかっ⁉」

何気ない言葉から重要なことに気づき、慌てて【サーチ】でドワーフの爺さんを眺めてみる。

エクシズより上のレベルだったので、表層情報だけしか見えなかった。

「赤の国所属の……、『隠れ鬼』ってちゃんと名前があるじゃねーか爺さん。ってスキルマスターなんばあじゅうにいぃぃっ⁉」

「ぬ、しまった。主ら御同輩か……。まあいい、細かいことは後で話す。とりあえずはこの試練を抜けてからじゃ」

「ちょっとお待ちよ。スキルマスターならここの守護者の塔の操作も何とかなるんじゃないのかい？」

「できるならとっくにやっとるわい。何とかするための試練じゃろうが。まずは終わらせてからじゃと言うとるじゃろうが」

エクシズに詰め寄られて途端に渋い表情になる爺さん、もとい隠れ鬼。

クオルケも手早く終わらせておきたいのでエクシズの後押しをしてみるが、言うことは変わらない。

どうやら塔には塔それぞれのルールがあるようだ。

だったら試練を終わらせた方が話が早いと悟ったエクシズとクオルケは、隠れ鬼に倣って守護者に向き合った。

どうやら話が終わるまで待っていてくれたようで、クスリと笑みを浮かべた守護者はあらぬ方向に視線を向け、頷いた。

室内に流れる音声が『二問目……』と言い始めたので、一言一句聞き逃さないように口を閉じる三人。

『第二問、守護者の塔で明確に塔と呼べる物は一つだけである。マルかバツか？』

フロアの中央にカウントが表示され、目をぐるぐる回したクオルケが「う、あ？　ええとええと……」とテンパりながらバツに留まる。

隠れ鬼はそのままマルに立ち、それを見たエクシズはマルへ移動する。

そのタイミングでフロアのカウントがゼロになり、クオルケの頭上で「ブブーッ！」と音が鳴った。

隠れ鬼とエクシズの頭上には金色のベルが現れて「リンゴーン♪」と祝福の鐘が鳴る。

目に見えてズドーンと落ち込むクオルケに、エクシズは「まだ始まったばかりだ。気にすんな」と肩を叩いて苦笑いをこぼした。

隠れ鬼は仏頂面を崩さずに、腕を組んで誰もいない司会者席を睨みつけている。

その態度がなんとなく苛立っているように見えて、エクシズは声をかけてみた。

「よお、爺さん。なんか気になることでもあるのか？」

「お主らに関係があるとも思えん」

「そんな冷たいこと言うなよ。それに、その言い方が何かあると言っているようなもんだぜ」

「むう……」

口を開いたのが間違いだったとでもいうように、隠れ鬼の額の皺が深くなる。

しばらくエクシズを見上げて思案していたが、肩を落とすとしぶしぶ口を開いた。

その間睨まれていると感じていたエクシズは、内心だらだらと冷や汗を垂らすしかなかった。

それは眼光が滅茶苦茶怖かったからである。

「ここのスキルマスターのことじゃ」

「ここのスキルマスター？　そんなもん塔が稼働してんだから、どこかで様子を窺っているんじゃないのか？　さっきも像がそんなこといってただろ」

「それは奴がこちらの世界に来ていればの話じゃな」

「……え？」

なにやら話がおかしくなっている気がして、エクシズは言葉に詰まる。

「奴がいたとすれば……」隠れ鬼は司会者席を指差し言葉を続ける。「あそこに座って、解答者となった者たちを眺めてニヤニヤしていただろうて」

「それをしていないから、そのスキルマスターはここにはいないと？」

「そうじゃ」

守護者の仏像は結跏趺坐をしたままで何の反応も表さない。こちらの会話を聞いているはずなのだが何も言ってこなかった。

ただ薄く開いた目で様子を窺っているだけだ。解答者たちが会話をしている時は進行を止めてくれるのはありがたいが。

「じゃあ、この塔は誰が動かしているってんだ？」

「それが分かっておれば、こんなところにはおらんよ」

エクシズの問いには明確な答えは返ってこなかった。

隠れ鬼が話を終わらせて場が静かになったのを機に、守護者の神仏像は進行を再開させる。

三人は再び質問を聞き漏らすまいと構えるのであった。

――そして二〇分後。

「うー……、あー……」

「なんかもういっぱいいっぱいじゃのう。大丈夫か？」

「連続で間違えたからな。だから俺について来いって言っただろーが」

マルバツ形式を終えた後の成績はドワーフ爺さんが『19／01』、エクシズが『17／03』、クオルケが『07／13』となっていた。

この後はスイッチのついた解答者席に移動して、三人で残りの八〇問を消化していけばいいだけである。

その間に七問間違えるとクオルケだけが脱落する。

目先の絶望的な壁を想像したクオルケは、あらぬ方向に視線を向けて一人黄昏ていた。

「ううぅ、ものの見事にゲームの問題ばっかり……」

「少しはリアルな物も交じっていたはずなのだがのう？」

「どんだけの割合で交じってるんだよ、これ。ケーナが言ってたのはこのことか……」

「ケーナの嬢ちゃんもこっちに来ておるのか⁉」

ボソッと呟いたエクシズの言葉に、真っ先に反応して詰め寄る隠れ鬼。

その剣幕に目を丸くしたエクシズは「あ、ああ」と返し、クオルケはこくこくと頷いた。

それを受けて難しい顔をして黙り込んだ隠れ鬼だったが、真摯な瞳を二人に向ける。

「すまんが、ケーナの嬢ちゃんにはワシとここで会ったことを黙っててもらえぬか？」

「え？　でもさ、アンタたち数少ないスキルマスター仲間なんだろう？　少しでも会って安心させてやったらいいんじゃないかい？」

「生憎と『スキルマスター』などという称号はこの世界ではただの紙切れのような物じゃよ」

寂しそうな感情を含んだ、どこか他人事な物言いにクオルケは沈黙し、エクシズは溜息を吐いて頷いた。

「『捜さないでください』ってヤツだな、了解したぜ」

「えっ！　で、でもさ、エクシズ？」

「でも爺さんと会ったことはケーナには言っとくけどな。理由さえ聞かせてくれりゃあ『捜さないでください』って方向で説得しておくぜ」

「ぬ、……スマンな」

「ケーナのお節介に歯止めをかけるのが大変だがな。これでも同じギルドで修羅場をくぐってきた仲間なんでね。とりあえずはこの試練を抜けて、亀を止めてからだけどな」

納得がいかないという顔をしたクオルケは「話は後でつけてもらうからな」と呟き、エクシズを睨んでから先行して解答者席に移動していった。

肩をすくめたエクシズと隠れ鬼はそれに続く。三人の会話を見守っていた神仏像は、天井に向けて問題を続けるように促した。

神仏像は身構えるように天井を睨む人族、竜人族（ドラゴイド）、ドワーフ族を見てニヤリと不敵な笑みを浮かべる。

「さてさて、予測（prediction）とは全く別の獲物がかかったようですよ、My Master?」

その呟きは、どこかの誰かを明確に指しているようだった。

ところ変わってフェルスケイロの西では、騎士団+冒険者+α VS 魔物の群れ。戦端が開かれるも早々に混戦となっていた。

当初の目論見（もくろみ）にあった、ひと当てして様子を見る、などとは程遠い状況に指揮も何もないあり様だ。

そもそもシャイニングセイバーを含む高レベル帯の三名がまだ戦線に到着していない。

思っていたよりも魔物たちの進行速度が速く、この場を纏めていた騎士たちの気が急いていたせいでもある。

魔物の群れとぶち当たった騎士や冒険者たちには、相手側がただ単に「突き進む」という意思しか持たないと感じられた。

この状況で怯ませてから、全体の進軍速度を緩めるという戦術は既に瓦解（がかい）していた。

この防衛隊の中には丁度フェルスケイロに滞在していた〝炎（ほのお）の槍傭兵団（やりようへいだん）〟も交じっていて、名の知られたアービタが冒険者側の行動を纏めていた。

さすがに百戦錬磨（ひゃくせんれんま）のアービタ率いる傭兵団としても、相手がここまで多種類にわたると対処に苦労する。

魔物の群れの主力となるのは毒々しい紫色の体躯（たいく）を持つ蟷螂（かまきり）、デスマンティスが三匹。

大きさは小さな民家一軒分くらいだ。これ一匹に騎士が五〜六人で対応しなければならない。

続いてはホーンベア。これにも騎士が二人ほど必要となり、八匹もいる現状ではこの二種だけで騎士団の殆どの手が塞がってしまう。

対応には騎士だけでなく兵士も当たるのだが、この二種類に対応させるには荷が重すぎる。

他にも頭頂部や背中が鎧状（よろいじょう）の鱗（うろこ）に覆われたゴアタイガーや、ガウルリザードが交じっただけで、冒険者の方もいっぱいいっぱいだ。

それに加えて普通の熊や狼（おおかみ）の対応や、足元から突進してくる兎と猿などにまで構っていられない。そちらは騎士の一人が指揮する兵士たちに対応を任せたが、徐々に劣勢に追い込まれていく。

実のところ都市に駐在する兵士の練度はそんなに高くない。国同士の争いごとがほぼないこの地域では、魔物が連携を取って街を襲うような事態も建国以来初のことだろう。

騎士団と冒険者からなる防衛隊は、じりじりと魔物の群れに飲み込まれていた。

騎士団は主力となるデスマンティスやホーンベアと拮抗（きっこう）していても、群れ自体は軍隊アリのように移動している。

戦っていない魔物たちはそれを避けて進軍しているため、後衛を務める冒険者たちは倒した魔物をバリケード代わりに防いでいた。

倒しても倒しても積みあがる死骸の防壁はどんどん厚みを増している。死骸が増えていることもあるが、冒険者たちの位置も後退しているからだ。

倒されれば終わりの魔物たちと違って、防衛する側は倒れるわけにはいかない。一息吐けるような環境でもないので疲労だけが蓄積されていく。

既にその限界は目前であった。

「ったくよぉ、だから最初に小細工をこさえておけっつったんだ！」

「どうします団長？　ほっとくと前衛が飲み込まれますよ」

しかし多勢に無勢、防衛線を破られるのは時間の問題であった。

アービタの古巣とはいえ騎士団側の指揮官とは意見の相違からまともな連携が取れず、援護に回っていたことが裏目に出た。

基本王都の防衛に引っ込んでいる騎士団は、常に実戦を繰り返す冒険者たちよりは経験が浅い。

不測の事態、つまりは魔物の後先なしの行動に直面して、指揮が行き届かなくなったのだ。

アービタが見捨てるか助けるかの二択を選択しようとした時、事態に変化が起きた。

主に最悪な方向にだ。

ボフンという軽薄な音と共にピンク色の煙が出現し、魔物諸共騎士団を覆った。

後衛にいた冒険者たちのグループにまではその影響は及ばなかったが、何が起きたのかと眉をひそめる彼らの目の前で即その効果は表れた。

前衛で戦闘をしていた者全てが行動を停止したのである。

もちろんその範囲内（はんいない）にいた騎士も兵士も含まれる。

後衛の冒険者たちが嫌な予感を感じてそれぞれが構えを取る中、騎士団と魔物に薄ぼんやりとした白い光が纏わりついた。

そして虚ろな表情となった味方の騎士と兵士たちの首が、一斉に冒険者たちの方向へ向く。

「おいおい、何があった？」

「気を付けろ！　普通じゃないぞコイツら」

焦点の合わない虚ろな瞳で棒立ちになった騎士団の面々がうっすらと笑みを浮かべ、剣を持ったままこちらに歩み始めた。

『ドドドッ』

それを見て、冒険者たちに動揺が走る。

先程のピンクの煙といい、不自然な白い光といい、何かの魔法だと悟ったアービタは撤退命令を副長や他の冒険者に出した。

『ドドドドッ！』

騎士団が敵に回ってしまったので、これ以上の判断はアービタにはしにくい。

『ズドドドドッ‼』

防衛線を少しずつ下げて魔物との距離を取る最中に、それまで耳にしながら無視していた何かが迫り来る轟音に怒鳴り散らした。

「さっきから何だ、この音は！」

「団長！　アレです！」

副長が示した方向を見た傭兵団の者や他の冒険者たちは、街道南側の森林から木々をへし折って弾丸のように飛び出したナニカに仰天した。

魔物の群れの横っ腹に突撃をカマした茶色い砲弾は、魔物たちを蹂躙しながら反対側へ突き抜けて北側の森へ姿を消す。

超重量の突撃を受けた魔物は、軽々と撥ね飛ばされる。大半の魔物は高々と錐揉み回転して華麗に宙を舞い、次々に落下して絶命する。いや突撃の直撃を喰らった時点で既に死んでいたのも多かったが。

「……今度は何のバケモンだ、ありゃあ？」

「どっかで見たような気もしますね」

誰もが何事かと動きを止める中、北側の森から襲撃の主がひょこりと姿を現した。

「ぴ――――っ‼」

「「あ」」

「……団長、あれってケーナさんのっスよね？」

雄々しく（？）雄叫びを上げて胸を張る（ような真似をする）丸っこい猪。以前見たことのある某冒険者の召喚獣である。

アービタと副長が揃って唖然とし、ケニスンがずんぐりむっくりなクリムゾン・ピグのぴーちゃんを指差して確認した。

炎の槍傭兵団の団員は見慣れた召喚獣だから「なんだ、焦って損した、助かった」とかいう心境だが、他の冒険者たちは不意の仲間割れをチャンスと思い、速やかな撤退を提案した。

解説が入らなかったため、ぴーちゃんも魔物の仲間だと思っているようだ。

「おい、アービタさんよ！　さっさと下がらねぇと、仲間割れの巻き添えを食うぜ」

「いや、ここで撤退はしない。丁度いいところに援軍が来たからな」

「待て待て、あんな化け物同士の戦いに巻き込まれたら、ただじゃ済まないだろう！」

その化け物呼ばわりされているぴーちゃんは、群がる魔物を鼻先で引っ掛けては投げ、飛び上がっては踏み潰しと愛嬌（あいきょう）のある体形からは想像もつかない八面六臂（はちめんろっぴ）の活躍を見せていた。

ただしその攻撃がじわじわと騎士団に迫っているので、手遅れにならないうちにどうにかする必要があるとアービタは判断する。

騎士団はアービタの古巣なので、このまま見殺しというのはさすがに寝覚めが悪い。

「なんとかして騎士たちを魔物から引き離すぞ。アイツがいるということは、嬢ちゃんも近くにいるだろう！」

アービタの号令で団員たちがそれなりの準備を始める。

ある者は捕縛用のロープを用意し、ある者は穏便（？）に気絶させようと棍棒（こんぼう）を装備し、術が使える者は麻痺（まひ）効果や眠らせる効果のある魔法を準備する。

初めは呆れていた冒険者たちだったが、アービタや団員たちが魔物に取り囲まれた騎士を本気で救い出そうとしているのに気付く。

馬鹿げた考えに一笑するも、面白そうな博打とばかりに次々と彼らに賛同し、肩を並べた。

「アービタさんよ、面白そうじゃねえか。オレたちも交ぜてもらうぜ！」

「あの高慢ちきな騎士に恩が売れることなんて他にねえからな。俺も加勢させてもらう！」

「気絶させて群れから引き抜くんだろ？　こんな時でもなきゃ騎士を殴れる機会なんかねえからな、思いっきりやらせてもらう」

「……いや、殺すなよ。頼むから」

念のため手加減するよう確認したアービタは、魔物の群れの向こう側で大暴れをしているぴーちゃんにも声をかける。

「おい！　ピー助！」

「ぴぴ――――っ？」

鋭い鎌を突き立てようとするデスマンティスを、モノともせずにどーん！　と弾き飛ばしたぴーちゃんはアービタの声を聞くと、そちらに体ごと向き直った。

ついでに何か期待するようなキラキラする瞳を向けてくる。

アービタと副長はその純粋っぽい視線に「「うっ⁉」」とたじろぐが、頭を振って気持ちを切り替えた。

「お前のご主人様はどうしたーっ？」

「ぴっ！　ぴぴ────っ！」

飛びかかってきたゴアタイガーをぶにゅりと踏みつぶし、ぴーちゃんは（見た目）楽しそうに雄叫びを上げる。

「……団長、根本的な質問があります」

「なんだ？」

「会話が可能ですか？」

「……ああ、俺も声掛けてから気がついた。さっぱり分からん」

背後で様子を窺っていた団員以下、冒険者たちが揃ってコケた。

ぴーちゃんは魔物を千切っては投げつつ盛んにぴーぴー鳴いている。どうやら会話をしているらしい。

受け取る側に猪語の心得がある者がいないので、まったく会話が成立していない。

指揮官の苦労とは別に、冒険者側の前衛は主力の瓦解した魔物たちと戦闘状態に入った。

主に相対するのは騎士で、魔物の方は炎の槍所属の者たちが牽制（けんせい）を引き受ける。

元々騎士団込みで一〇〇人いたところに、メインの騎士が抜けてしまったので魔物の群れに対処するのは半分程度だ。

それでも集団戦に慣れた傭兵たちは魔物をいなしていく。側面からぴーちゃんの援護攻撃があってこそであるが、別に倒すことに拘らなくてもいいのだ。

人間側の目的は騎士を魔物から引き離すことなので、四肢を傷付けその行動力を奪えばゴアタイガーやガウルリザードの鋭い牙もその威力を発揮できない。

団員たちはそれぞれが盾になりつつ攻撃を防ぎ、横合いから一撃を加えて息の合ったチームプレイで魔物たちを行動不能にしていく。

それと同時進行で冒険者たちが騎士を無力化して、後方へと遠ざけていった。

「はっはっは、公然と騎士をぶん殴れる日が来るなんてなあ！」

「街中だと威張り散らしてるからな、アイツら。溜飲が下がるってもんよ」

「いや、だからって鉄棍を股間にっつーのはマズかねぇか？」

「禍根を残した方が悪い」

「大丈夫大丈夫。城勤めには宦官という奴もいるんだろう？」

兜をヘコませる勢いで殴る者。麻痺効果のある魔法で落とす者。

水魔法で顔を覆って死なない程度に昏倒させる者。容赦なく急所を殴打する者。

日頃の恨みとばかりに遠慮のかけらもないが、そこは熟練の冒険者。殺さないように細心の手加減が入っている。

反面、ここまでされなければならない騎士の普段の行いからして、どうなっているのかと問いたい。威張り散らした自業自得と言えるのだろう。

一応女性騎士たちは冒険者側に交じって戦闘を続けていたのだが、この乱暴な扱いの差に頭を抱えていた。

「何よ。戦闘だっていうのにてんで役に立たないじゃない」

「道理で街の見回りに嬉々として出かけていくわけだわ」

「こんなことをしていたなんて、後で団長に報告ね」

地味に女性騎士たちからの評価もどん底に落ちていく。

先程のピンクの煙は【魅了】の効果を持つ魔法だったが、永続的な効果を持つわけではないので殴られた騎士は目覚めると正気に戻っていた。

しかし、縄で縛られて猿轡までされていたので当然暴れる。

冒険者側はまだ影響が残っていると思っていたから、そのまま馬車に放り込んで陣地に送り返していた。

よって騎士たちは理不尽な扱いに冒険者への反感を募らせていった。堂々巡りの悪循環が生まれているのに誰も気づいていない。

「つか、騎士を何とかしても魔物が減らねえ……」

「一体どこからこんなに湧いてくるんだ。キリがないぞ！」

冒険者たちが無力化して、ぴーちゃんが片っ端から粉砕していても街道の向こうから押し寄せる魔物は中々途切れない。

　これではアービタたちや冒険者側がスタミナ切れで先に参ってしまう。

　さっさと彼女がどうにかしてくれると思っていたアービタは、業を煮やして大声を張り上げた。

「おい！　嬢ちゃん！　近くにいるんならさっさと何とかしてくれっ‼」

「はいはい」

【魔法技能（マジックスキル）：押し寄せる羊（スリーピング・シープ）】

　その声が聞こえた途端、魔物の群れが横合いから突如として出現した羊の大群に覆われた。

　半透明の羊たちの群れはただ単に右から左へと魔物たちの塊を横切った。通過した端からその姿はあっという間に掻（か）き消える。

　残ったのは地面に横たわり、イビキをかく魔物魔物魔物魔物……。

　もちろん無力化して回収予定だった騎士や兵士も例外なく爆睡していた。

　意外に近いところから返事があったのに気付いたアービタが振り返ると、すぐ脇の森の中からケーナがひょっこり姿を現した。

「すみません、別働隊を相手していたので遅れました」

「やけにいいタイミングだな。出番を待っていたとかじゃないよな？」

「あはは……。いえ、なんか男同士のチームワークが眩（まぶ）しくて、どこで手を出したものかな～

と」

　正直に返してくるとは思わなかったので、アービタもやや呆れた顔になる。

「ごめんなさい」と素直にケーナが頭を下げたので、頭をボリボリと掻きつつ「まあ、死人も出なかったからいいけどな」とだけで収めておく。

　この辺のやり取りの間に騎士の回収はほぼ終了していた。

　残るは大量の熟睡中の魔物の始末であるが、魔法の効果でほぼ一日は起きることがない。

　とりあえず戦線を後退させて、怪我人の手当てなどをすることになった。

　ぴーちゃんは残って魔物の頭を踏みつぶし、次々に倒していく。

　その間にケーナは副長から事ここに至った経緯を説明される。

「ふむふむ、それはたぶん……。【魅了】して【誘導】で操っているんですね」

「【魅了】ってあの大量の魔物をか？　そんな魔法があるなんて聞いたことがないぞ」

「二〇〇年前には使い手がごろごろいましたよ。【誘導】っていうのは全体を目標に向かって行動させることです」

「じゃあ、あの群れの始まりを探せば大元の原因がいるってことか？」

「ええまあ……、ここまでの大軍を操るとなるとかなりの大物がいるでしょう」

「ぴぴ――っ！　ぴぴ――っ！」

　それまで魔物を処置していたぴーちゃんが、かん高い鳴き声を上げ始めた。

それを聞いたケーナは眉をひそめて、腰に差してあったルーンブレードを引き抜き魔力を込める。いきなり臨戦態勢になり、とととっと駆け戻ってきたぴーちゃんを脇に控えさせたケーナの様子に、アービタは慌てて部下と冒険者たちを下がらせた。

そしてケーナの横に並んで話しかける。

「操ってる奴か？」

「ぴーちゃんが警戒するってんだから、そこそこ強いと思います。ぴーちゃんは私の後ろに被害が行かないように中衛(ちゅうえい)ね？」

「ぴぴぴ――――っ！」

ケーナのお願いにぴーちゃんはトコトコ後ろのほうに下がり、鼻を上げてふんぞり返る。

その様子を苦笑して見たアービタはケーナの横に留まったままだ。

敵の大将を見ないままで下がるのは主義に反するとかで。

「変なのが来ても知りませんよ？」

「まあ、嬢ちゃんの邪魔をする気はないな。俺も一応武人なのでな」

槍と剣を持って武装した男女が、ぐごーぐごーとイビキをかきまくりの街道沿いの魔物川の傍(そば)で待つことしばし。

ザカザカと肩を怒らせて問題の魔物が姿を現した。

見覚えのある姿にケーナが身構え、アービタが見たことのない姿に目を丸くする。

「……なんだありゃあ？　人獣（ライカンスロープ）にしては見たことのない奴だな」

「やっぱりレオヘッド……。魔物寝かしておいてよかったぁ～」

安堵（あんど）するケーナに不思議そうな視線を送るアービタ。

ちなみに人獣（ライカンスロープ）というのは頭が獣の姿のモンスター全般を指す。

犬頭のコボルトもこれに当たるが、あれは種族全体が人に友好的な者たちである。

基本人獣種（ライカンスロープしゅ）は独自のコロニーを形成して人里を避ける。好戦的な者が多いため、人に仇為すモノ（モンスター）として扱われることが多い。

やって来たのは革鎧の上にごてごてと鋲（びょう）打ちの金属板を貼り付け、長い金属で編んだ鞭をぴしりぴしりと地面に打ちつける獅子頭（ししがしら）の人獣（ライカンスロープ）で、獣使いの個体名レオヘッドだった。

レベルは四三〇で、四〇〇レベルの制限解除クエストに配置されているモンスターだ。

ゲーム中は鞭の一振りであちこちから魔物が集まるため、三パーティ一八人で当たったとしても本命を倒すまでにはやたらと時間がかかるクエストである。

唸（うな）りつつ睨むようにケーナたちと距離を置いたレオヘッドは、ゴアアッと吠（ほ）えて威嚇し、手に持った鞭を大きく振り上げた。

アービタが反応するよりも早く彼の首を刈り取ろうと飛来した鞭は、直前にケーナが振るったルーンブレードに先端を寸断されてあらぬ方向に飛んでいった。

ここまでのやり取りだけで自分の手に負えないと判断したアービタは、油断なく構えたまま

じりじりと下がる。

弱い物から狙う主義なのか、再びアービタ目掛けて鞭を振り上げたレオヘッドは、ケーナから撃ち込まれた【爆炎弾(イア・ボム)】の直撃を受けて吹っ飛ばされた。

放物線を描いて魔物の寝こけている中に落下し、その衝撃で周囲の魔物が目覚める。

ケーナの使った【押し寄せる羊(スリーピング・シープ)】の魔法は何もしなければ効果は一日中続くが、攻撃や強い衝撃を受けると効果が切れる。

口元にニンマリとした笑みを浮かべたレオヘッドは、鞭を振るって魔物を起こしにかかった。

ところが寝ぼけ眼の魔物たちをケーナに向けてけしかけようとして、その身を強張(こわば)らせる。

事前準備の時間があったケーナは【魔法技能(マジックスキル)：重王圧壊(マキシ・イア・グラール)】を行使。

頭上に掲げた手の上には直径四〇メートルになろうかという、表面を透明な膜で覆われた闇の塊が浮かんでいた。

内部は中央に向かうほど渦を巻き、更に昏(くら)く底知れぬ闇が覗(のぞ)いている。

「おいおい嬢ちゃん、なんだその魔法……」

「重力魔法です。ちょーっと範囲が広いので気をつけてくださいね」

「……何をどう気をつけろっつーんだ」

底知れぬ闇をチラ見しただけで震えが止まらない。アービタは上を見ないようにして、来るのかも分からない衝撃に備えた。

あんぐりと口を開け一歩二歩と下がるレオヘッド目掛けて、振りかぶったケーナはそれを投擲した。

ゴム鞠のようにぽーんと空を飛んだ【重王圧壊】は、べちょっと地面に落ちる。まるで泥団子が落ちて半円状になったような形に変化した。

もちろん落下地点にいたレオヘッドや魔物を飲み込んでである。

その直後、爆発的に膨らみ、その効果範囲を直径一〇〇メートルはあろうかという巨大な暗黒ドームに拡大させた。

ドームはケーナたちの鼻先にまで拡がり、眠っている魔物たちの尽くをその内部に納めていた。

光さえも届かぬ超重力の奈落の中は、外からは全く見通すことができない。

中でどういった惨劇が行われているのかさっぱり分からなかった。効果としては中で何でもかんでも圧殺するのである。

しかし、ドーム自体が『ゴガガガン！』とか『ゴリゴキゴゴッ！』とかいった音を立てて地面にめり込んで行くので、誰もが恐れ慄いていた。

改めてケーナの非常識さを肌で感じる、フェルスケイロを中心に活動する冒険者たち。少しは知っていたつもりだったが、あまりのデタラメさに瞠目するアービタ率いる炎の槍傭兵団のメンバー。

あとは目覚めていたりした騎士たちもである。

「おいおいおいおいっ、なんなんだあの娘っ子はっ⁉」

「なんつー魔法を使いやがる……」

「ああ、お前らが知らないのも無理はないな」

「あの娘っ子がフェルスケイロの大司祭スカルゴ殿の母親だ」

「「…………………」」

揃って一角だけが沈黙に包まれる。

ケーナのことを知らない者たちはあんぐりと口を開けて驚愕をあらわにしていた。

教えた方もうんうんと頷いて過去に自分たちも通った道と同意する。

ある日下町の宿屋に飛び込んできた大司祭の醜態を知らぬ者はいないからだ。

普通ならそれで幻滅されそうなモノだが、当人が普段からマザコン的発言が多いのが幸いして地位転落という風にはならなかった。

寧ろ親しみが持てたという感想が多かったのは、ご愛嬌である。

後方の雑談はさておいて、別の意味で危機に直面しているのはケーナ側である。

「あっちゃ〜……」

「おい、嬢ちゃん、これはちぃーっとばかし問題になるんじゃねえか？」

「……やっぱりゲーム中とは色々と違うんだなあ……」

問題となっているのは、アービタとケーナの前に拓(ひら)けている元街道だったところだ。

ゲームの時の【重王圧壊(マキシ・イア・グラール)】はドーム状に囲った中の敵を圧壊して消すだけの魔法であった。

現実(リアル)で使うと、効果範囲内の空間を地面ごと粉砕するような魔法になっているとは思わなかった。

その前に使った【轟雷顕現(マキシ・ザン・ラガ)】もそうだが、最上級魔法を行使するのは自重した方が良さそうだ。

(普段使うような施設のある場所で最上級魔法を使うのは止めよう……)

『戦場ノ選択ヲ間違エタヨウデスネ。後日、範囲魔法ニツイテハ実地デ確認シテミタ方ガ良イカト、提案致シマス』

(あちこち穴だらけになるんだろうねえ……。範囲魔法だけでいくつあったっけ?)

そんな考えはただの逃避であると思いながら目の前の惨状を見る。

暗黒ドームが発生した場所を基点として街道に大きなすり鉢状の窪(くぼ)みが出来ていた。

徒歩の旅行者ならともかく、馬車での行き来は完全に無理なのは誰の目にも明らかだ。

色々と反省しているらしくしょんぼりと落ち込むケーナに、声を掛けたり肩を叩いたりして慰(なぐさ)める冒険者たちであった。

「ま、嬢ちゃん、あんまり落ち込むなって」

「後々想定された被害からすりゃあ、こんなの微々たるモンだって」

「むしろあそこで殲滅してくれなかったら俺らがやばかった……。感謝する」

「そーそー、騎士には意趣返しできたし、俺らも死人は出てねえしで結果良しってな」

「……はあ」

残っていた魔物で効果範囲の外にいた奴らは、操っていたレオヘッドがいなくなったことで逃げ出してしまったらしい。

この場に留まる中で最強のクリムゾン・ピグに恐れをなしたともいう。

ぴーちゃんはもう警戒することもないと知ってケーナの傍でまったりモードだ。その巨体があると慣れない人は近寄りがたい。

クーは一度ひょっこり顔を出したが、周囲に人が多いとみてすぐに姿を消してしまった。どうやら【隠形】だか【透明化】のスキルが使えるようだ。

アービタは警戒度が高いままで気を緩めずに、何人かの部下と冒険者を選んで周囲の探索に当たらせていた。

ケーナは頭の中でキーと相談し、地面を戻す技能を検索している。傍目には、ぶつぶつ独り言を呟く危ない人であるが。

そこへ今更ながら騎士団の本隊が、漸く姿を現した。

シャイニングセイバーやスカルゴ、マイマイを先頭に馬で駆けて来たのである。

途中で後方に送り返された馬車に乗せられた騎士に話を聞き、大体の事情は察していた。

息子と娘は母親がいることに驚いて傍に駆け寄る。シャイニングセイバーはこの場を任せていた騎士からも事情を聞き出していた。

一部の騎士の不満が爆発して冒険者たちをなじっていたが、女性騎士たちが間に入って落ち着かせた後にシャイニングセイバーに叱られていた。

一応アービタもかくかくしかじかとこうなった経緯を説明する。

「そういやー、魅了の効果ってどうなってんだ？」

「強いショックを与えれば解除されるよ」

「それを早く言ってくれっ！」

疑問を口にした冒険者に、ケーナはあっけらかんと答える。

それを聞いてから慌てて騎士たちの拘束を解きにかかる冒険者たち。

案の定ぷりぷりと怒ってはいたが、操られて襲い掛かろうとしたのは事実なので未然に防いでくれた冒険者たちに文句は言えない。

冒険者側もそれは分かっているのかそ知らぬふりを決め込んで、露骨に言い返すものはいない。

諦めてわしわしとぴーちゃんを撫でていたケーナは、心配そうな顔の子供たちを見て笑みを浮かべた。

「母上殿！」

「お母様！」

「あらあら二人とも、そんなに慌ててどうしたの？」

「どうしたもこうしたもありません！　シャイニングセイバー殿の要請など無視してしまえばよいのです。何も母上殿が出張らなくとも……」

「私たちだってフェルスケイロの防衛くらいできますのに」

「でももう来ちゃったし、終わっちゃったし。ちょっと街道に壊滅的なダメージを与えちゃったけどね……」

子供たちが出張ったところでレオヘッドの相手は辛かっただろう。呼ばれてよかったと安堵するケーナだった。

それよりも当面は街道の後始末をどうしようかと途方に暮れる。

修復する方法は簡単だ。【地精霊】を呼び出して任せればいい。

とはいえいくら精霊とはいえ、失ってしまった質量を戻すことはできない。

「石をゴーレムで運搬してからコンクリ漬けにするしかなさそうだね」

『石山探シカラデスネ』

「いや、要請を出したのは俺だからな。上には俺から伝えておいて、ここの責任は俺が取ろう」

「ありゃ？　いいの、シャイニングセイバー」

「水際防御を被害なしで収められたのはケーナのお陰だ。そろそろこの辺で借りを返さないと負債が怖そうでなー」

「借金取立人扱いかい……。じゃあ、後は任せるけど？」

「おう、無理言ってスマンな」

ポンポンと肩を叩くシャイニングセイバーに申し訳程度に頭を下げ、その場を離れてアービタのほうへ移動する。

アービタたち冒険者は警戒や探索の仕事を騎士に引き継ぎ、フェルスケイロに戻るというのでそれに同行することになった。

マイマイやスカルゴも残るらしいので「頑張って」と声を掛けてその場を離れようとしたケーナは、思い出したことがあって再度声をかけた。

「スカルゴ！」

「は？　なんでしょう母上殿？」

「ちょっと聞きたいことがあるから、明日にでも教会行くね」

「明日……、まあ、多分問題ないと思いますね」

「んじゃ、よろしく」

ひらひらと手を振ってアービタたちと冒険者の後を追う。

珍しい母親の頼みごとに首を捻るスカルゴに「よかったじゃん」と茶化す妹。

その場を離れながらケーナは、エクシズの方はどうにかなったのかな？　と今更ながらに思い出した。


そして再びオウタロクエスの方に視点を戻そう。

人々の重苦しい注目を一身に集めて王都に侵攻（？）していた巨亀は、城の裏手、城壁の境界線ギリッギリで停止していた。

後一歩踏み込めば都市部どころか、城に重大な損害を与えていたところである。

避難勧告が出ていたにもかかわらず残っていた住民や大臣、騎士や冒険者と一緒に集団の先頭に立っていた女王サハラシェードが深ーい溜息を吐く。

もうあと一歩で城が破壊されると覚悟した直後の出来事であった。

覚悟を決めたところでいきなりの停止に、歓声よりも先に全員の安堵の溜息に迎えられた形になる巨亀。

決して歓待を受けるいわれはないのではあるが、滅亡の危機は回避されたということだろう。

巨亀の停止が確認されてからやや間をおいて、残っていた者たちが歓声を上げる。

都市全体に広がった喜びの声を聞いた女王は、その時点になってようやっと肩の力を抜いた。

「やれやれ、一時はどうなることかと思ったわ。止めてくれた者には報酬を弾まないといけませんね」

「ふう、肝が冷えましたぞ……」

宰相と頷き合う女王の言葉を拾った騎士団長は、すぐさま部下を功労者確保に向かわせる。

巨亀の周囲で目を光らせておかないと功労者を騙る者が出かねないからだ。

場所は変わって巨亀神殿内部（テレビ局）では……。

ぐったりして床に突っ伏した隠れ鬼とエクシズの姿があった。

ちなみにクオルケは早々に二〇問を間違えて外に排出されてしまった。

今はクエストクリアとみなされたので建物の扉は開放され、再び登ってきたクオルケは二人と合流している。

「ううっ、役に立たなくてごめんよう」

「ああ、まあ、気にすんな」

「そうじゃのう。尊い犠牲だったのは間違いないじゃろ」

隠れ鬼の頭上のカウンターは『39／18』、エクシズの頭上は『41／19』となっていた。

まさにギリギリの勝利である。体力的には問題ないのだが、精神を緊張感でゴリゴリ削られていったので二人とも疲労困憊（ひろうこんぱい）だ。

あろうことかこの守護者、途中から外の景色を壁に表示させたのだ。

刻一刻と近づいてくるオウタロクエス王都、微妙なチョイスの問題と時間制限に焦りが募って冷静になるまでに随分と間違えてしまった。

『お疲れ様でした。双方二〇問間違える前に計八〇問正解されているのでクエストクリアになりましょう。youたちの願い通りに守護塔の歩みを止めました。ただスキルの譲渡はなくなりましたが、これでよろしいでしょうか？』

蓮の台座に座ったままふよふよ浮いている金箔神仏像が、三人を見下ろしながらそう声を掛けてくる。

「あ、あぶねえ……。あそこで正解しなかったらヤバかったかもしれん」

「まったくよのう。残り二問、一人で何とかせねばならんかと思ったぞい……」

忘れ掛けていたことまで搾り出すように脳をフル回転させたので、二人とも心は削り節のようにに細切れであった。

それでも共に戦い抜いたという達成感で、どちらからともなく笑みがこぼれる。

クオルケの羨望（交ざれなくて残念）の眼差しを受けながら、肩を組んで「「ワハハハハハハハッ！」」と笑いあう。

それで何か気が済んだのか、晴々とした表情の隠れ鬼は神殿から出るとエクシズたちと距離を置く。

「何やら待ち構えている輩もおるし、ワシはここで失礼させてもらうぞい」

「いや、ちょっとその前にケーナと会わないとか言っている理由を聞かせてもらえないか？」

「ぬ、そうだったな。……どう話したものかのう……」

顎鬚をいじりながら「むむむ……」と呟き考え込む隠れ鬼に対して、「そんなに難しい理由があるのか？」と困惑する二人。

「簡潔に言うと所帯を持ってのう」

あっさり風味な返答につんのめって、危うく甲羅上から転げ落ちるところだった。

「そんな理由で昔の仲間に会わないとか薄情すぎだろうっ⁉」

「少しは会わないとか言われた方の気持ちも考えてあげなよっ！」

「まあ、待て。お主らの言い分ももっともなんじゃが、ワシはこのゲーム、隠居した後に始めてのう……」

勢いで突っ込んだ二人を押さえるような仕草で、隠れ鬼は事情を話し始めた。

『理由があれば』と言った手前もあって、聞くだけ聞くことにしたエクシズは納得しきっていないクオルケを抑える。

「当時はまだ連れ合いもおったんじゃが、童心に返ったみたいについネットにのめり込んでしまってな。連れ合いも文句ひとつ言わずに付き合ってくれたんじゃ。それが先立たれるとのう、もっと一緒にいて一緒に隣を歩いてやればよかったと後悔したんじゃよ。そんなわけで悪いんじゃがケーナの嬢ちゃんには第二の人生を楽しみたいと伝えておいてくれんか？」

「…………」

「………、分かったよ。ケーナにはそう伝えておくわね」

重苦しい空気が漂う中、黙るエクシズに代わりクオルケが頷く。

隠れ鬼は申し訳なさそうな顔で頷くと【転移】を使い、その場から消え去った。

「……はあぁ、人の過去なんか聞くもんじゃないな」

「同感さね。さて、いつまでもこんなところに用はないし、さっさと降りて報酬でも貰いに行こうかね？」

「ああ、そうだな。その後でケーナと会って伝えてやらないとな」

エクシズはクオルケの肩を叩く。クオルケはエクシズと二の腕を交差させるとニヤリと笑って歩き出した。

巨亀の甲羅上から人がいなくなると、テレビ局の守護者の塔は扉を固く閉じる。

人気のなくなった塔内部では、金箔神仏像がどこぞからの通信を受けていた。

『……当初の予定とはえらいズレましたが、プレイヤーを三名確認致しました。姫様に会えなかったのは残念ですが。……はい、はい。では以降はそのように……。Meは暫くお役御免ということでしょうね、ええ、はい』

通信の切れた内部には静けさが戻る。

セットの電源は既に落とし、薄暗い非常用出口の照明が暗闇の中でぼんやり光るだけだ。

歩行する振動音すらしない静寂の中、金箔神仏像は薄く開いていた瞳を閉じ、蓮の台座の上で結跏趺坐をするだけの守護者として口を閉じた。

その後、エクシズは下に降りずに、城の方から架けられた簡易的な橋によって城内へと招かれることとなった。

国の一大事を救った英雄として、下にも置かぬ歓待を受ける。

自分一人の手柄ではなかったことを告げるが、隠れ鬼はいつの間にか姿を消していたため、悪いと思いながら報酬を受けとることに頷くのだった。

「めっちゃ死ぬかと思った……」

「よく無事だったなお前？」

「戦闘機の脱出装置みたいに飛ばされて、パラシュートもないだろ。死を覚悟もしたんだがな、地上に落下する寸前に、シャボン玉の泡みたいなのに包まれて難を逃れた」

それからなんとか亀のところまで戻って、進行していく様子をハラハラしながら見守っていたという。

ただ彼らのレベルだと、同じような高さから紐（ひも）なしバンジージャンプを敢行したとしても死ぬことはないだろう。生死を分けるのがＨ　Ｐ（ヒットポイント）なのだから。

「亀が城のギリギリに足を踏み込んだ時は、エクシズたちも吹っ飛ばされたのかと思ったぜ」

「いや、たぶんそこで爺さんが最後の解答をしたんで止まったんだなあ」

その爺さんはことが済んだらさっさと姿を消したわけだが。

「ケーナにあの爺さんのことを言っておくか？」

「秘密にしといてくれとは言われたが、口止め料も貰ってないしなあ」

「クイズで世話になったろ」

「うーん。それもあるからなあ。どうするか？」

二人はしばらく悩み続け、この件に関してはありのままをケーナに報告することにした。ただし隠れ鬼のことは聞かれない限り誤魔化す方向でと、話を締めくくる。

そして今現在直面している、難しい案件に話を移すのだった。

「女王様と夕食を取れと？　この格好で？」

現在二人は、貴族の前に出しても恥ずかしくない格好に着替えさせられている。風呂を使わせてもらった後に部屋に押し寄せてきた、侍女軍団の手によるものだ。

エクシズは青地に金の刺繍（ししゅう）がされているゆったりとしたジャケットにズボン。クオルケはコルセットこそつけられていないが、肩と背中が大きく露出したマーメイドドレスに。

ドレスは、似合う似合わないかの観点からいうと、とてつもなく似合いすぎている。

着替えさせられていた時に、侍女たちからスレンダーながらも完璧なプロポーションにうっとりとした溜息を吐かれたほどだ。

エクシズも顔を真っ赤にしたクオルケと顔を合わせた時点で、一瞬呆けた表情で固まっていたくらいである。中身を知らなければ惚れていたかもしれないと、のちにこぼしていた。

それからすぐに侍従がやって来て、彼らを城内の一室へ案内する。

その侍従の言うには、夕食会は女王と私的な部屋で行われるため無礼講だとのこと。マナーなどは一切問わないとのことであった。

かくして二人は碌に心の準備もできない内に、女王サハラシェードとの対面を果たす。

驚いたのが彼らの前に並べられた料理の殆どが、酒場などで出される大衆料理だったことだ。味は段違いな物ではあったたが。

同席したのは、ラフな格好をした騎士団長と宰相の二人だけだった。

その二人も気さくな感じで、女王には敬語を使っているものの態度には遠慮がなかった。

「いけませんなあ、陛下。そこは野菜だけでなく肉を巻いて食べるのですぞ」

「うむ。偶には銘柄にとらわれぬワインもいいものよ。やれあの年代のものは誰それのお気に入りだとかで、妙なところに気を遣わないといかん」

「「……………」」

「あら、どうしたの、お二人とも。食が全然進んでいないように見えるわ。ワインよりはエール派だったのかしら?」

「いいえ、陛下。下町のワインは水で薄められていて、まだ果実酒の方が味わいがありますぞ」

「そうなんですね。それは不勉強でしたわ。でしたらエールを持ってこさせましょう」

「エールもなあ、酷いところになれば水の方がまだマシ、みたいなこともありますからな。好みは人によるのではないですか？」

「そのようなところが？　次は下町の食料事情について改善を行いましょう。食事が美味しくないだなんて、人生がつまらなくなってしまいますわ」

ここは本当にどこの酒場なのだろうか、と思わされる温度差であった。

高級食材を使った大衆料理を前に、粛々と街の食料事情について論議が交わされ、酒がパカパカと消費されていく。依頼を成功で終えた冒険者たちが大声で笑うような酒場とは違うが、雰囲気は似通ったものがある。

それはまだエクシズとクオルケが経験したことのある、職場の打ち上げに近い。しみじみと思い出に浸っていた二人は、業を煮やした女王の勧めによって大食いの限界に挑戦させられるのであった。

「「うぷっ」」

「はっはっは。陛下の前で遠慮などするからだ。出された食事には感謝をせねばならぬぞ！」

決壊寸前のところで食え食え攻撃を回避した二人だったが、騎士団長に笑われながら背中をバンバン叩かれれば苦しさも倍増だ。

今は食事も終わり、それぞれの前には紅茶の入ったティーカップが並んでいる。

食事時と同じく全員が席に着いたまま、今回の事件について報酬を与えるとのことだった。

まずは示し合わせたように、騎士団長と宰相があらぬ方へと顔を向ける。

すると立ち上がった女王サハラシェードが深々と頭を下げた。宰相たちは見て見ぬふりをするというスタンスのようだ。

「エクシズ様、クオルケ様。お二人に感謝を。貴方方のお陰でオウタロクエスは危機を脱することができました。ありがとうございます」

「……ってえええええええええっ!?」

「ちょっ、あ、頭を上げてくださいいいいっ！」

仕事柄、貴族と顔を合わせたことはあるが、国のトップから頭を下げられたことなど初めてだ。無茶苦茶心臓に悪いし、とてつもなく体裁が悪い。

動揺してどういった態度を取ることが正解なのかも分からない。二人揃っておたおたしていると、頭を上げた女王が悪戯が成功したような笑みを湛えてウインクする。

「それとお二人に聞きたいことがございます」

「な、なんでしょう？」

心臓に悪いことがあったばかりで、バクバクと鼓動を刻む胸を押さえてエクシズは慎重に聞き返した。

「お二人はプレイヤーの方々ですね？」

「「っ⁉」」

一瞬にして部屋の空気が凍り付く。

答えられない態度こそが、その質問の答えを如実に示しているといってもいい。

言い当てられたエクシズとクオルケは女王に対しての警戒心を露にして、油断なく次の瞬間に備える。一体どこでその情報が漏れたのか、考えても答えは出てこない。

「警戒されるのは当然でしょう。ですが安心してください。我々はその情報を誰かに漏らすようなことは致しません」

騎士団長は腕組みをしながら、宰相は顎髭を撫でながら女王の言葉に頷いていた。

信じられないor何かの罠なのか？　疑心暗鬼にかられるエクシズたちに、女王が次に紡いだ言葉が衝撃だった。

「ここにいる三人はプレイヤーの関係者なのです」

「……は？」

「……へっ？」

続けて暴露された女王たちの素性に、エクシズたちは間抜けな声を上げる。

女王と騎士団長と宰相は、いずれもプレイヤーの里子であるらしい。

とはいえ、エクシズたちの素性に気付いたのはそこからではなく、守護者の塔のクエストをクリアしたところかららしい。

「あの亀については色々と伝わっていますが、出される問いについては我々にはちんぷんかんぷんなのです。そこから我々は、あの塔について調べるために、各地に少しずつ人を送り込みました」

今まで幾つかの情報を収集した結果、『スキルマスター』なんて単語を出されたところからの推察のようだ。確かに今の世の住民に『スキルマスター』なんて聞いたところで、答えが返って来るとは思えない。

「一か八か、気付いたプレイヤー様がどうにかしてくれることに賭けたわけですが……」

どうやら冒険者ギルドで聞いた「古い書物を調べて判明した云々」とも食い違うことに気付く。いくらブラフで報酬を餌に人を集め、あわよくばプレイヤーが交じっていることに賭けるとは、分が悪すぎやしないかとは思う。

依頼に手を出した隠れ鬼や、エクシズとクオルケがいるのだから、オウタロクエスの計略勝ちかもしれないが。

内情を知ってしまえば目の前の三人に対して、呆れたような、二度と関わり合いになりたくないような視線を向けるのも致し方ないことである。

女王はその視線で二人の胸の内を察して、苦笑いと共に報酬を渡すのだった。

その際には宰相から「今回のことについて口止めも入っているからの」という注釈付きで。

「その服も差し上げましょう。また会うこともあるかもしれませんし」

「『遠慮します！』」

正装なんか持っていると知られたら絶対呼びつけられる、と警戒した二人がきっぱり断ったことで騎士団長が残念な表情をしていた。油断も隙もないことである。

その後は元の服装に着替えて城を出た。

追っ手や影などの存在を気にしながらオウタロクエスの王都を離れ、西の通商路沿いの宿屋があるくらいの小さな村で、二人は漸く警戒を解くのだった。

「こ、ここまで離れればもう……」

「オウタロクエス怖いオウタロクエス怖いオウタロクエス怖い……」

「おーい、クオルケ帰ってこーい！」

色々トラウマが付加された騒動に、彼らの精神はますますゴリゴリ削られたのである。

第二章
神殿と、会談と、オウタロクエスへと、再会と

フェルスケイロから一旦村に戻ったケーナは、メイドと執事と義娘に迎えられた。

「おか、えり……、な、さい」

「ん、ただいま、ルカ。家のことありがとうね、二人共」

「もったいないお言葉です」

「ケーナ様ものんびりするためにここに引っ越したんじゃないんですか？　いつにもまして慌ただしいですね」

「ははは……」

ロクシーヌからの皮肉に反論ができない。辺境の村に引っ込むと言った割には、あちこちへ足を運びすぎている気がする。

「クー、ちゃん」

「ん、ルカ」

ケーナから飛び立ったクーがルカの肩に座り込む。互いに頭を撫でたり髪を触ったりと仲睦まじい姿にほっこりする。

「おかー、さん」

「どうしたのルカ？」

肩のクーを気にしながらルカがケーナの裾を引っ張って、何かを言いたそうにしていた。

ケーナはしゃがんでルカとの視線を合わせ、「遠慮しないで言ってごらん」と促す。

「クー、ちゃん、と。いっしょ、に、……ねても、いい？」

おずおずと切り出したルカのお願いに、ケーナは笑って許可を出した。

「寝ている間にクーちゃんを潰さないようにするのよ？」

「しない、もん」

「クーも、ルカと寝る」

ぶっすーと頬(ほお)を膨らませたルカだったが、クーが髪を引っ張って一緒に寝ようと促したので
「おやす、みな、……さい」と言って居間を後にした。

ルカが自室に戻ったことを確認したケーナは、控えていたロクシーヌたちへ向き直る。

「こっちで何かあった？」

「いいえ。これと言って異変はありません」

「まるでケーナ様は何かに遭遇したというような言い方ですね？」

何やら人の不幸は蜜の味とも言いたげなロクシーヌの様子に、ケーナはふかーい溜息(ためいき)を吐いてクッションの山へコロンと寝っ転がった。

「またクッションが増えてるわね……」

「お嬢さまの力作ですよ。順調に裁縫の腕は上達しています」

「そ、他は？」

「料理の腕はまだまだですが、じゃがいもは何とか剝(む)けるようになりましたね」

悪戯が成功したような報告の仕方のロクシーヌに、ロクシリウスの眉がピクピクと反応している。

仲が悪いのは仕方がないとして、いい加減どこかで折り合いをつけて欲しいものである。

翌日は朝食を取った後にケーナはフェルスケイロに飛んだ。

やはりクーも一緒についてきた。どうやら家の中で離れることはできるようだが、外へ出ようとするといつの間にかケーナの傍にいるようだ。

せっかく移動手段が出来たので【転移】は使わずに、守護者の指輪を使ってNo.1の守護者の塔に飛ぶ。そこから中洲に出してもらえば移動完了である。

襲撃の時もこの方法を取ればよかったのだが、連絡内容に動揺して忘れていたというのが正直なところである。もし使っていたら東門の襲撃にも間に合わなかっただろう。

古時計の守護者に異常がないか聞いてみたが、今のところは御使い扱いされているくらいで妙なことはないらしい。

中洲と接しているところを再度確認したが、お供えされている花束が増えて城塞のように積まれていた。一体誰が整えているのか問い質したいところである。

今日の訪問の目的は色々ある。ついでにスカルゴに聞きたいこともあった。

「クーちゃん、貴女がいたところで神殿以外に思い出したことはある？」

「んー、夜だった」

「……夜の神殿ってこと？」

「んー、分からない」

「あらら……。そこのところはスカルゴに聞くしかないのかなあ」

ケーナが宗教関連で知っていることは、そんなにない。

村で子供たちに読み書き計算を教えている時に、講師役としてご足労願ったスーニャの話を耳にした程度だ。スーニャはラックス工務店の代表者である。

念のため、ロクシリウスやロクシーヌにも聞いてみたが、二人とも揃って首を振っていた。

村の人間は簡略化した創世神話を知っている程度だ。

その話によるとこの世界には創世の神が二柱存在しているらしい。

詳しく聞こうとすれば、スーニャも「それは神殿の人に聞くべきでしょう」と返してくれた。

教える内容については、一般人より教会からという線引きがどこかにあるのかもしれない。

元々のゲームであったリアデイルの設定上でも創世神話という部分は聞いたことがないため、二〇〇年の間に作られたのか現地で信仰されていたのかは不明である。

「だいたい夜の神殿？　というのは天上にあるものなのか、地上に建っているものなのか。居場所を伝えるのに誰かを使うというのはアイツらしいけど、明確な場所が分からないのは困りものよね。……たぶんそこも自分で考えろっていうんだろうけど」

当時は知識の欠如していた桂菜に色々と教えてくれたのはオプスである。その当時はよく

「自分で考えろ」と言われていたのを思い出す。

ここに来て目の前にいなくても教師を継続しているのかと思うと、少々気怠くなるケーナだった。

フェルスケイロに着いたら真っ先に教会へ向かう。

ところが代理として出てきた初老の司祭に「都合がついたらこちらから使いを出します」と、言われてしまった。

あんなのでも国のトップとしての仕事や重責もあるんだろうと、こうして迎えを待っている次第である。

次に向かったのはアービタたち、炎の槍傭兵団の常宿である。

目的は王都防衛で駆り出された時の報酬を貰うことである。

冒険者ギルドの方からは、炎の槍傭兵団とセットにして報酬が出たようだ。なんで一纏めにされているかというと、防衛線に参加した申請をアービタが纏めて出したからだ。

防衛の報酬は王宮から冒険者ギルド経由でそれぞれに振り分けられる。その際に少し聞き取り調査をされて、個人個人の報酬を振り分けられるという。

別働隊もたいらげたのでケーナの貰う報酬はやや多めだ。お金はあるに越したことはないが、ありすぎても困るので、よくよく考えた末……。

「じゃあ、ここの飲み代、私が出しますよ」

王都防衛の報酬でパーッとやろう、とかいう名目で飲んでいたアービタたちに切り出した。

全員がギョッとした表情でケーナを注視する中、アービタに便乗して飲んでいたエーリネも驚いている。

「いいんですか、ケーナ殿。荒くれ男たちの飲み代って結構掛かりますよ？」

「金貨一枚くらいにはなりますか？」

「いやいや、そんだけ飲むにはちーっとばかし人数が足りないな。だいたい嬢ちゃんは幾ら貰ったんだよ？」

「金貨三〇枚ですねー」

「おおーっ！」とか団員から感嘆の声が上がる。

これは別働隊の構成を聞いたシャイニングセイバーの口利きも過分に入っていた。

あの場所にケーナが向かっていなかったらどうなっていたか？　という推測から王都の被害を想定した結果だ。

あの群れが丸ごと王都に侵入していれば、最悪フェルスケイロが地図上から消えていたかもしれないので、特別報奨金なるものが支払われていた。

ついでに別働隊の脅威を市民に隠しておきたいがための口止め料が含まれているとのこと。

これはケーナの分だと渡された袋の中に、今回のことに関してのアガイド宰相からの説明が書き留められた手紙も入っていたからだ。

ちなみにアービタたちの報酬は一人当たり銀貨五〇枚ほどである。

ケーナが指で弾いた金貨を受け取ったアービタは、手の中のモノを見つめ満足そうに頷いた。

「よおし、お前ら！　今日は嬢ちゃんの奢りだそうだ、浴びるほどに飲むぜえええぇっ‼」

「「「おおおおおおおっ‼」」」

宿屋を揺るがすほどの大歓声が轟き、外を通る人々が何事かと酒場内を覗き込んでくる。

ケーナは度数の低い果実酒を傾けながらエーリネと商売の話をすることにした。

「ふむ、定期的に麦の購入ですか？」

「加工品は堺屋に回すとしても、原材料は別に一店にばっかり頼らなくても良いわけだし。外郭通商路を回るエーリネさんの隊商であれば村には時々寄れますでしょう？」

「まあ、村に立ち寄る前に仕入れておけば買い取りは確実なわけですね。いいでしょう、その提案お引き受けしましょう。……しかし、初めて会った頃のケーナ殿を知っている身としては、今の状況は面白いですねえ」

「うっ……。そ、そうですよねー。現在の私があるのもエーリネさんやアービタさんに会えたからこそ、ですから。最初の時の授業料を返す時期なんでしょうねー」

「持ちつ持たれつですねえ」

顔を見合わせて笑いあう。

堺屋から麦の直接購入もできるわけではあるのだが、以前ケイリック自身が言った「この程度で堺屋は傾きませんよ」の言葉もあったので、色々借りのあるエーリネに恩を返す意味で提案してみたのだ。

　定期的に、という範囲からは外れるかもしれないが、少なくとも月一で材料の納品が確保できてホッとした部分もある。もしも堺屋に収める期日に納品が間に合わない場合は【転移】して購入すれば良いだけの話だ。

　エーリネの隊商ならば、村には確実に来るので問題はないだろう。この辺りの決定はケイリックの方にも一度報告しておく必要がある。

　酔っ払いに絡まれて安酒を無理やり押し付けられたり、エーリネと最近の商売の様子などを話したりしていると、貸しきり状態な酒場兼宿屋に二人組みの女性がやって来た。

　呼ばれた気がしたケーナが振り向くと、見知った女性二人が小走りに近寄ってくる。

「こんにちは、ケーナさん。お久しぶりです」

「ん？　言うほどお久しぶりってものでもないいんじゃない？」

「いいんですよー。ただでさえめったに会えないいんですから」

「そうなんだ。じゃ、ご無沙汰ということでね。ロンティ、マイちゃん」

「ブ――――ッ!?」

　片割れのマイリーネの顔を見たアービタが部下に向かって勢い良く酒を噴いた。

　それはそうだろう、誰がこんな下町酒場に王女がノコノコとやって来ると思うものか。

「わあっ！　キタねえっ！」

「団長が酒噴いたーっ⁉」

「どどどどーしたんですか、いきなりぃ？」

その周囲では軽い騒動が持ち上がっているので、さすがにケーナ目当てで一直線に突撃して来たマイリーネも気付く。

「あ、アービタ様。ご無沙汰しております」

「ひ、ひひひひ、ひめ……って……。なんだってこんなところに護衛も付けずにー？」

姫様と言いかけた途中で声を小さくして聞き返す。

それにニッコリと笑って返したマイリーネは酒場の戸口を振り返った。

「護衛ならいますけど、騎士団長直々に」

「……どうも……」

白い鎧（よろい）に帯剣した白銀（しろがね）の竜人族（ドラゴイド）の巨体がのそりと入ってくる。

その姿勢はケーナがシャイニングセイバーと出会った中で、一番謙虚でおとなしめだ。

一瞬ケーナが「誰、これ？」とか思ってしまうほどに控えめである。

その軽く頭を下げたシャイニングセイバーに団員たちが組み付いた。日焼けしたぶっとい腕を首に回し、他の者より頭一つ高い竜人を無理やり屈（かが）ませる。

「ちょっ……⁉」

「よお、元気かぁ大将？」

「最近は調子に乗っているそうじゃねえか、若造？」

「お前なあ、騎士団長ならもうちょっと部下の教育に礼儀ってモンを教えさせたらどうだぁ？　冒険者と見れば目の色変えて突っかかってきやがってよお、さかりのついた雌犬じゃねえんだぞ」

「いや、それは、まあ…………、スミマセン」

絡み酒なのか素なのか、拳（こぶし）や膝でガスガス突かれながら文句を言われまくるシャイニングセイバーがいた。随分と親しそうと言うか、やたらと下っ端扱いされている。

その様子をロンティとマイリーネが微笑（ほほえ）ましく眺めているので、ケーナは首を傾げた。

苦笑していた副団長が小声で解説を入れてくれる。

「実は我々の半数は元々騎士団にいたのですよ。ウチの傭兵団は団長と共に一緒に抜けて来た者たちの集まりなのです。シャイニングセイバー殿はアービタ団長の後継者でしたので、当時を知っている者は後輩として可愛（かわい）がっていましたね」

「へー、……って、後継者？　アービタさんって元騎士団長？」

「ええ、先代の騎士団長でしたよ」

こくーりと頷いたのは横でニコニコしながら聞いていたマイリーネだ。

ロンティは当時の騎士団の事情まではご存じなかったようで、ケーナと一緒に驚いていた。

その噂の当人は、いつの間にかシャイニングセイバーを小突く側に回っている。

「なあ、俺言ったよな？　冒険者との関係は円滑にしとけって？　しねえからこういう時に困る関係になっているんだろ。ええ？」

「ええっ、ちょっ、ここでは勘弁してくださいよ、先代！」

「いいや許さねえ。お前には防衛の何たるかをなあ……」

「ぐっ、うわっ、酒臭っ⁉　その状態で絡むのは止めてくださいっ！」

むさい絡み合いにどう口を挟んだものかと思案するケーナの両腕を、ロンティとマイリーネががっちりと捕獲した。

左右を見てクエスチョンマークを飛ばすケーナに、二人揃っていい笑顔で微笑む。

「さあさあ行きましょう。大司祭様がお待ちですよ」とずるずる引きずっていく。

「え？　って、もしかして使いって二人のことっ⁉　なんで神殿の使いで二人が？」

「丁度運よく手が空いていたのです。そんなことはともかく、さあ行きましょう！」

「いや、ちょっと行くから引っ張らないでっ。じゃ、じゃあ、エーリネさんアービタさん。ま、また今度～」

「ええ、また後日。お気をつけてケーナ殿」

「おお、嬢ちゃん、またな～」

ケーナに手を振るエーリネと傭兵団員一同。捕まったままのシャイニングセイバーをそのままに、三人は酒場を後にした。

「って置いていくなっ！」

「ああん？　おい若造。お前、嬢ちゃんに不埒なことをするんじゃねえぞ？」

「団長のお気に入りなんだからなぁ。後で裏通りに呼び出されたくはねえだろう、んん？」

「分かりました、分かりましたから放してくださいよっ！」

というやり取りが延々と続き、シャイニングセイバーがケーナたちに追いつくのは随分と後になる。


ロンティとマイリーネの先導に付いていったケーナは、川岸で待っていた貴族専用という渡河船――白亜のクルーザーのような――に乗せられ、中洲を経由せずに対岸の貴族街に降り立った。

その時点で脳内に嫌な予感ＭＡＸ警報が鳴り響いていた。別にキーが鳴らしているわけではない。

どちらかというと勘的なものである。

「ねえ、なんかものすっごい嫌な目的地が幻視できるんだけど……？」

貴族街のメインストリートとも言うべき道。綺麗に石畳で舗装されたところを真っ直ぐ進んでいる。

先日マイマイに連れられて訪れた終点の真正面には、でで一んと存在している建物がある。

知る人ぞ知るこの王都のシンボルタワー、王城だ。

白い外観に青い尖塔(せんとう)を幾つか持つここの王城は、かつてどこかのギルドが建てた姿そのままに言いようもない威圧感でもって道行く人々を見下ろしている。

ケーナはゲンナリした表情で後ろを振り返る。

しかしその視界は白い鎧で塞がれていた。なんとかアービタの拘束を解いて追い付いてきたシャイニングセイバーが、逃がさないようにケーナを睨(にら)んでいる。

「ねえ?」

「公式じゃない、私的なものだ。大司祭殿も同席しているので安心するといい。……なにやら陛下に色々と文句を言ってたけどな」

「まあ、あの子の性格じゃあねー」

「逃げるなよ?」と付け加えられたことで、ケーナは諦めて大きな溜息を吐く。

がっくりと肩を落とし、楽しそうに微笑むマイリーネとロンティに腕を引っ張られて王城の門をくぐる。

城内に入れば似たような光景が続く廊下を行ったり来たり、階段を幾つか上がってこぢんまりとした扉の前に連れて来られる。

城といえばゲーム中に散々お世話になった。クエストを受ける場だったり、嫌味しか言わないNPCに絡まれたり。どちらかというとロクな思い出がない。

いまさらな場所だという感想しか持たないケーナの態度に、連れてきた方のロンティとマイリーネはちょっとがっかりしていた。

「ケーナさんってお城に興味ないんですかー？」

「え？　ああ、昔は城なんてもうあちこちに立ってたからねー、特に興味はないかな」

「あううう……。もう色々と説明したかったのにぃ」

「あはは、ごめんね」

はふぅ、と溜息を吐いて肩を落としたマイリーネに、ケーナは苦笑して謝る。

ロンティは扉をノックして顔を出した侍女に「案内して来ました」と伝えてケーナから離れる。マイリーネも同じように離れるところを見るに、どうやら二人はここまでのようだ。

侍女が引っ込んでしばしの間が流れ、内側から扉が大きく開け放たれた。

そこは大きく窓を取ってある部屋で、内装はシンプルなデザインの装飾で抑えられていた。

それでいて清潔感のある部屋で、中央に大きな丸テーブルが備え付けられている。

そこには先に三人の人物が待っていて、ケーナを立ち上がって出迎えた。

一人は腕を組んで仏頂面をしたスカルゴで、ケーナを見るとほっとした表情を浮かべた。

一人は法衣に似た大きめのローブを纏った、壮年の厳しめな目付きの男性。

最後の一人は柔らかな笑みを浮かべ、薄緑色のドレスを着たややふくよかな女性であった。

場所が場所だけにスカルゴと同席する人物なんて決まりきっている。

内心溜息を吐きたい気持ちを表に出さず、姿勢を正したケーナは一歩引き、芝居がかった仕草で小さく屈む程度に会釈した。

日本式に頭を下げないのはケーナ自身がハイエルフ種族なためだ。

ここで頭を下げたら『エルフの王族が人族の王族に頭を下げるものではありません！』とか息子が激昂しそうだったからである。

「お初にお目にかかります。いつも愚息がご迷惑をお掛けして申し訳ありません。ハイエルフ種のケーナと申します」

しばしの間が空く。何故かあっけにとられていたような二人。王と王妃はケーナと視線を交わすと、慌てて右腕を胸に当て会釈を返す。

スカルゴは頭痛を堪えるようにして自分の席で脱力していた。

なんかマズいことをやったのかと自分の行いを振り返ってみるケーナだったが、「普通に挨拶をしただけだし、問題ないよね」と流した。

実際の所、招いた側が先に礼をする暗黙の了解がある場で、ケーナの行動は王たちにかなりの動揺を与えていた。

シャイニングセイバーは部屋の前の警備を部下に任せ、自分の仕事に戻るそうだ。

「帰りは送るからな」と呟き、去っていった。

王と王妃にぎこちなく椅子を勧められ「失礼します」とテーブルの一角に座る。

右隣はスカルゴで、真正面には王と王妃が。

なんとなく病院で医者に苦言を呈されているような既視感(デジャビュ)を感じたケーナは、何でこんな場になったのかと訴える視線をスカルゴに飛ばした。

いきなり鋭い視線に晒(さら)された息子は、ビシィと姿勢を正す。

「……え、ええと、母上殿？」

「すみませんケーナ殿。我々が無理を言って同席してもらっているのです。大司祭殿を責めないでください」

間を取り持ったのは王妃である。

その柔和な笑みに一瞬実の母親の影が過って、ケーナは息を呑(の)んだ。すぐに気を取り直して小さく深呼吸し、自分を落ち着かせる。

「私はスカルゴに少し聞きたいことがあっただけなんですけど。どうしてお二方との会談になったのですか？」

「それは大司祭殿から聞き及んでいる。私たちとしても二度も王都を救ってくれた貴女に会いたかっただけなのでな。そちらの話が済んだのであればこちらの雑談にも少し付き合って頂きたい」

上に立つ者としての厳かな声を聞き、ケーナは叔父を思い出す。

家を飛び出した桂菜の父親が分家の各務母と入籍したお陰で一族を追い出され、代わりに本家の〝鏡〟を継ぐことになった叔父（父の弟）が、よく「仕事場は舞台だ」とか息抜き代わりにお見舞いに来てくれていたのを思い起こす。

その都度、口から飛び出すのは愚痴ばっかりだった。

動けないこちらは甘んじて聞くしかなく、遅れてやって来た秘書の従姉妹に叔父が連行されるのはいつもの光景だった。

「普通に会話しません？　その喋り方疲れるでしょう？」

「お、おお。ケーナ殿は話の分かる方のようだな。儂はトライストという。こっちは妻のアルナシィだ」

「ちょっ、母上殿っ!?　いきなり砕けないでください。ハイエルフ族としての矜持くらいは持ってください！」

「かたっ苦しい会談なんて願い下げよ！　ここはハイエルフの集落でもないんだから」

あっけらかんと素で返す母親に、スカルゴは頭を抱えてしまう。多少なりとも今後交渉の場でケーナを有利に立たせるための思惑がガラガラと音を立てて崩れていったからだ。

息子の心知らずのケーナはシャイニングセイバーに「私的なもので」と伝えられたこともあり、友達の親に会う程度の拘りしか持っていなかった。

逆にトライストたちは、事前にスカルゴやアガイドから聞いていたケーナの人物像に戦々恐々といった思いを抱いていた。

王都に出現した巨大魔物に騎士団や魔法師団が苦戦する中、たった二発の魔法で沈める威力。

娘や息子から聞き及んだ、強大な召喚獣を意のままに操る手段。

スカルゴがしぶしぶ語った過去の超越者(スキルマスター)としての役目などからである。そんな思いは直に会ったケーナの飄々(ひょうひょう)とした素を見て杞憂(きゆう)だったと判明する。

部屋内で静かに命を待っていた侍女が各自にお茶を淹(い)れる。

彼女は配り終えると、一礼して部屋を出ていった。

改めて四人だけになったところで、トライスト王が深々と頭を下げた。

「まずは以前の巨大魔物の件と今回のこと、改めて礼をしよう。真にありがたく思う。あとは娘と息子が色々と迷惑をかけた。そこは真に申し訳ない」

「んん〜、頭を下げられる覚えもありませんが？　デカペンギンは息子たちに害をなそうとしたからぶっ飛ばしましたし、魔物の侵攻だって友人のシャイニングセイバーに要請を受けたからですよ。それについては危険手当込みの報酬も貰っていますしね。とても一国の王が冒険者に頭を下げるような事態とは思えないですね。マイちゃんは友人だし、デン助はアガイドさんから頼まれてますし」

拍子抜けした表情で顔を上げたトライストと視線を交わし、ケーナはニヤリと笑みを浮かべる。

　国自体に借りも貸しもない立場のままでいたいと遠回しに主張してみただけだ。

　トライスト王はしっかり意図を受け取ってくれたようで、頭を上げると満足げな笑みを浮かべて頷く。

「そうか、ならば我々は立場が同じ友人という意味に取っていいのだな？」

「できれば王族とか身分のある人とかとは関わり合いになりたくなかったんですけどねー。スカルゴがトップスリーだとそれも難しいか」

「って母上殿⁉　さも私の責任だとかいう風に言うのはやめてください！」

「実際のところよく知らないんですが、この子役に立っていますか？」

「ちょっ……⁉」

「ええ、国内外の神職をよく纏めてくれているわ。演説の時などに輝いたり花が舞ったりするのも国民に人気なのよ」

　ケーナのド直球な質問にトライスト王が苦笑した。

　夫の代わりにアルナシィ王妃が返答する。

　ごくごく普通にまともな回答が得られ、「へー」と意外そうな顔でケーナは息子を見た。

「な、何ですか母上殿……、その疑り深い目は？」

「いや、なんでもないわよ。国のトップがそこまで言うんだから事実と受け止めておくわ」

「……母上殿が私をどう思っているのか、詳しく聞きたいところではありますが……」

「普段の行いから改めるのをお勧めするよ？」

半泣きなスカルゴが席を立とうとするのを、ケーナは襟首を摑んで止める。

斜め上を行く親子の会話に王と王妃は目を丸くしていた。

「待って待って。スカルゴに聞きたいことがあるから私がここまで来たんでしょーが」

「ハァ……、私に母上殿が納得できる答えを出せるか分かりませんが、聞きましょう」

「夜の神殿とかについて聞きたいんだけど？」

「……夜っ⁉」

スカルゴの目がすうっと細められた。王と王妃も何故か絶句している。

青天の霹靂以上に予想外の問いかけだったようだ。

「どういった風の吹き回しですか？　母上殿が神について興味を持つなどと……」

「その反応からして夜の神殿ってあるんだ。なるほどなるほど」

問題はそれがケーナの望んでいる通りのところであるかどうか、だ。

「夜の神殿とは創世神話の半神を崇めると言われている場所ですが。そんなところに何の用が？」

「どうも知り合いが隠れ住んでいるようでねえ」

「ど、どどどこの世界に夜神と同棲する人物がいるというのですかっ⁉」

どこの世界というか、ケーナの知るオプスなら神と同棲しても何にも気にせずに生活してそうだ。とにかく遠慮がない人物なので、逆に神の方が困惑しているかもしれない。

叫ぶだけ叫んで頭を抱えてしまったスカルゴは、俯いたままブツブツと呟いていた。背景にはどんよりと濃い灰色に染まった雲が厚みを増している。

「偶に母上殿のお役に立てると思ったら、まさか夜神についてお知りになりたいだなんて。確かに夜神様は苛烈な性格の方と伝えられていますけど、夢神という温厚な方の面もありますし。いえ、母上殿の交友関係を疑うわけではないのですが、もしかしたらその夜神でさえも母上殿にとっては脅威ではないのかもしれませんね。さすがは母上殿！　皆の度肝を抜くよい伝手をお持ちだ！」

なんだか途中から不穏な発想に行き着いたようだ。

何やらネオンのような太陽を背負い、母親を称える息子の姿にケーナは少し恥ずかしくなった。

夢神は陽神の片割れで夜を守護する女性神である。

それと対になっているのが、苛烈な側面を持っている夜神としての顔だ。

魔を纏める神として人心に恐怖を振りまく悪鬼羅刹のようなモノである。先日出現したというイグズデュキズの上司に当たる。

気持ちが上向きに浮上したスカルゴは、その場の三人の視線が子供を見守るような生暖かいものに変化しているのを感じ、咳払いをして姿勢を正した。

「夢神でしたら、夢の中に居を構えるという説があるのですが……。夜神となりますとー」

無言で直上を指差すスカルゴ。それの意味するところは月だということらしい。

いくらスキルマスターと言えど、月に到達できるようなスキルなどはないため、ケーナは脱力するしかない。

ゲーム中と同じく、この世界にも月は存在する。二つあったり紫だったり超巨大だったりはしないが、地球と同じように満ち欠けする白い月が夜天を彩る。

それはそれとして息子の言葉に引っかかりを覚えたケーナは聞き返した。

「夜神……？　やしん？　んんー？　あれ、どこかで聞いたことがあるなあ」

「それはもう神ですから、聞いたことくらいはあるでしょう。それはそうとあまり口に出されても異端審問が待っていますので、母上殿とて気をつけてください」

「うーん、まあ、善処するよ。ヤシン、やしん、やしん神殿？　……なんか聞き覚えがあるなあ、なんだっけ？」

――――も……　し　わ　……かけ――――

――――それ　ま　、　……ひど　……　だ――――

「キー！」

『ナンデショウ？』

深く深く考え込む姿勢に入ったケーナに配慮して静まり返る部屋。

脳裏に閃いた、過去に聞き覚えのあると思われる断片的な会話が思い出せず、外部記憶を呼ぶ。

呼び出すも何も常に傍に控えているというか、一心同体なのだからそこのところは横に置いておいて。

もちろん、キーの発言はケーナ以外には聞こえないので、突然何者かを大声で呼んだケーナに王と王妃は困惑顔だ。

「ログ検索して！　〝やしんしんでん〟でお願い」

『了解シマシタ。シバシオ待チヲ』

「あのー、ケーナ殿は何を？」

「母上殿は聖霊を従えていますので、それに頼み事をしているのです。何を頼んでいるのかは見当もつきませんが」

「……聖霊？　よく神の使徒として物語に出てくるあの聖霊か？」

「私も見たことはありませんがね」

大司祭と王と王妃がボソボソと会話する中、視線を独り占めにしているケーナの正面にはキーからのログが提示されていた。

音声なしの会話ログが目の前の空間に羅列される。見えているのがケーナだけなので、第三者からは何もない空間を睨んでどんどん険しい顔になっていく彼女が確認されるだけだ。

　さすがのスカルゴも、理不尽な怒りの矛先が来るのではないかと、嫌な予感に身を震わせていた。

　その文章は以下の通り。

『うむ、ようやく完成したぞ。この一ヶ月長かったのう』

『あのね……、固定されてたのは私だけなんだけど。ほぼベッドから動けない入院患者をゲーム内でも拘束するってどーゆー嫌がらせよっ！』

『まあ、些細な言い分は横に置いて早速式典を執り行おうぞ。「乾杯」』

　ちん。

『ゲームの飲み物ってなんとなくな味しかしないからなあ。この辺改善してほしい』

『フィードバックを全開にすれば万事解決であろう』

『んなクソヤバいことができるかああああっ!!』

　何かの吠え声と打撃音爆発音がしばし羅列。

『……にしても随分と悪趣味なダンジョンになったわね～、全面金色とか』

『限界突破＆スキルマスター二名の労力が集大成されただけではないか。きっとGホイホイのように若い欲にまみれたプレイヤーが引っ掛かるであろうて』

『表現が生々しい、減点いち。しょーもない罠もどっさり仕掛けちゃってもう……』

『きっと一儲けしようとしたマヌケがバタバタ倒れていくぞ。自分の野心に溺れるがいい。は！　よし、このダンジョンを〝野心ダンジョン〟と名付けてやろう！』

『すっげー語呂が悪いわね』

『ならば〝野心神殿〟とかで』

『まあ、最下層にわけの分からん神像設置しちゃったからそんなもんでしょ』

『まずは噂から流すとしようぞ。どいつが最初に地獄を見るか楽しみだ』

『噂くらいならうちのコミュが妥当でしょ、数も少ないし』

『よし、それでは戻るぞケーナ』

『ギルマスにも拘束解禁とか言っておいてよね、オプス』


「……ってえっ、夜神神殿じゃなくて野心神殿のことかあああああっ⁉　紛らわしいわクソオプスっ‼」

怒りの叫びに連動した幾つかの【能動技能】が起動し、周囲にドカンと濃密な気配がばら撒かれた。

のほほんとたわいない雑談をしていた三人は、突然のケーナの激昂に飛び上がって驚く。

それでも突然な母親の奇行に比較的慣れていたスカルゴが、なんとか宥めすかしてその場は落ち着いた。

「失礼、取り乱しました。驚かせて申し訳ありません」

ケーナは年上の王たちに素直に醜態を晒したことを謝罪する。

向こうはこちらを長命種の大御所と思っているらしく、気にしないと言ってくれたようだ。

ケーナは自分が見た目通りの年齢だと言い出せないので、その辺りの事情がひじょーにややこしいところではある。

確認したいところも何故か自己完結し――スカルゴが爆涙していたが――そのまま王族との雑談に一日を費やすこととなった。

娘の育て方についてアルナシィ王妃に相談したケーナは彼女と意気投合し、マイリーネのお古のドレスを譲ってもらうのを条件に、時々お茶会に顔を出す約束をしてしまった。

これっきりだと考えていたのに、ノリと勢いが絡むと失言が多くなる性格はどうにかした方がいいのかもしれない。

とばっちりは帰って来たケーナから大量のドレスを渡されたルカの方だろう。

夕方になって王城を後にしたケーナは、そのまま自宅まで【転移】して帰った。

いつものように、その日に何があったかをつっかえつっかえ話すルカを可愛がり、人が多いところばっかりだったため姿を隠していたクーのご機嫌を取る。

ロクシリウスとロクシーヌも交えて一家団欒（だんらん）にホッとする。少しは心の安寧を得られたようだ。

とはいえ王妃と茶飲み友達になってしまったのが、一番のストレスかもしれない。

一夜明けて再びヘルシュペルまで【転移】してケイリックと会う。

今度は麦の輸送をエーリネの隊商に頼んだため、堺屋からの買い付けを一時的にストップさせる相談だ。しかし孫とはいえ、相手は百戦錬磨の商人である。

話をしているうちにあれよあれよと言う間に言質を取られ、麦の輸送についてはケイリックとエーリネでよ～く協議してから、という結果になってしまった。

「むう、抜け目ないなあ……」

「お婆様、商人というのは抜け目を探し出して利益を得る者ですよ」

「前にこれくらいじゃ堺屋の看板は傾かない、とか言ってなかったっけ？」

「それはそれ、これはこれです。それにお婆様とは何かしらの繋がりを持っていた方が良いと、長年の勘も告げているので」

「酒だけには留まらないんだ……」

当然のことのように胸を張るケイリックにケーナは苦笑するばかりである。

ケーナの用事はそれで終わりなので、ケイリックからは追加で魔韻石の加工を頼まれた。

ちなみに材料は新たにケイリックが用意した石で、以前に村まで送られた分に関してはケーナに譲渡される形になっている。

一部はガーゴイルに姿を変え、村の護りを強固なものにしていた。それでもまだ大量に余っているので、何か他の使い道を思いつくまで保管してある。

堺屋との用事が終われば、ロクシーヌから頼まれた日用品や食料などを買ってまた村に戻る。

そして保管倉庫に堆く積まれていた麦を粗方酒に加工し、その日を終えた。


「うーん……」

翌日は居間でテーブルの上に広げた地図と、キーが脳内提示――ケーナにしか見えない――するゲーム中の地図を見比べて唸っていた。

クーはケーナの頭の上で寝そべってノンビリしていた。

陽当たりのいい窓際ではロクシーヌが針仕事をちくちくとこなしている。手に持つのは先日ケーナが貰ってきたドレスの一着である。

さすがに王族が着ていただけあって生地もいい仕立てもいいと良いことずくめだが、いかんせん村娘が着るには不向きである。裾が長いわ、乱暴に扱えばすぐ破れるわで実用に耐えない。とりあえずロクシーヌが二着ほどをよそ行き外出用に仕立て直しているところだ。

ケーナの方は〝野心神殿〟の現在地の特定である。

当時はほぼ初心者プレイヤーおちょくり用と呼称し、オプスが個人で楽しむ仕様だった。作製時は手伝ったが、作った後はオプスに丸投げであった。

はっきり言ってどこに作ったか場所を覚えていないのである。

そのために前回引っ張り出したログから前を全部チェックし、場所が分かるような単語を全部洗い出した、……のはキーにお任せである。

判明したのは『赤の国』と『中継ポイントの傍』、というくらいだ。

ゲーム中の赤の国中継ポイントは、砂漠の中にポツンとある六角東屋（あずまや）に固定された巨大水晶であった。そこから少々南下した、未踏区域とのギリギリラインの山肌にそのダンジョンを造ったとおぼろげな記憶にはある。

それを以前にエーリネから買ったオウタロクエス方面の地図と比べてみたところ、その地点に重なるように小さな村が存在するらしい。外郭通商路最南端と言うべきか。

「んー？　二〇〇年も経（た）ったらもう探索しつくされちゃってるのかなあ？」

そう思う部分もないことはないが、設計はあの陰湿で狡猾（こうかつ）な罠作製士の手による物。

二桁レベルくらいしかない現在の冒険者諸氏には難しい場所だろう。

落とし穴や鉄球振り子ならともかく、中には『招かれる板（まものがポン）』等も設置してあるのだから。

『招かれる板』というのは無人のダンジョン内で定期的に魔物を生み出す仕掛けである。

畳一畳分くらいの魔韻石板に、喚び出す魔物の形状が彫り込んである。微量の魔力を毎日少しずつ溜めて一定量に達した時、自動で魔物が召喚される仕掛けだ。

通常の召喚獣と違い、喚び出された魔物は滅ぼさない限り存在し続ける。

しかし、階によって存在できる魔物数は上限が決められているので、決して飽和状態にはならない。

そんなものが各階に仕掛けられているので、一〇〇レベル前後のプレイヤーならPT（パーティ）を組んで突入したとして、最下層に辿（たど）り着（つ）ければ何とか御の字だというところだろう。

罠に掛からなければという前提付きではある。当時の本人談では半分以上が悪戯程度ということだったが、どこまで信じていいものやらだ。

奴（やつ）の悪戯という言葉に騙（だま）され、いったい何百人のプレイヤーたちが戦争期間中に辛酸を舐（な）めたことか。レギュレーションギリギリを見極めた奴の行動には、味方もずいぶん苦労させられたものである。

しかもクーに残された言葉を確認するのであれば、ケーナ自身が乗り込まねばならないだろう。

一回回って戻ってきたという自業自得感がないでもない。

最初は全力を駆使してスキルを上乗せテンコ盛りした最大破壊魔法で、ダンジョン部分を根こそぎ消滅させようとも考えたのだが、周辺に村があるのならば地道に潜るしかなさそうだ。

「メンドクサイな、もう……」

そこへ共同風呂掃除を終えたルカがロクシリウスを伴い、パタパタと帰ってくる。

ロクシーヌと鋭い視線飛ばし合戦をしたロクシリウスは、ルカが室内に入るのを見届けるとケーナに一礼して踵（きびす）を返した。

日課の村巡回に戻ったのだろう。

「ただ、いま……」

「おかえり、ルカ」

「お帰りなさいませ、ルカ様」

「おかえり、ルカ」

立ち上がってルカに一礼したロクシーヌは手元の作業をさっさと片付けると、「昼食の準備を致します」とキッチンへと移動していった。

ぴょこんと立ち上がったクーは、ケーナの頭上からルカの頭上へ移動する。

部屋の隅に常備してある水樽からコップに水を汲んだルカは、ケーナの隣にちょこんと座る。

コップの水を半分ほど飲むと、ケーナが広げている地図を覗き込んだ。

「どこ、の、ちず……？」

「南の国、オウタロクエスよ。行ってみる？」

ケーナが聞くと、ルカはふるふると首を横に振った。

「ううん。おるす、ばんしてる。……ケーナ、おかー、さんは、いくの？」

「まあ、確認も含めて行かなきゃならないでしょうねえ。空振りになるかもしれないけれど……。ただしちょっと長く家を空けなきゃいけなそうなのよねー」

うんざりした様子で肩をすくめたケーナは、優しい表情で義娘を撫でる。

ちょっとくすぐったそうに首を竦めたルカは、少し間を置いてから頭に乗せられた母親の手を握った。

「だい、じょうぶ。……わたし、がおるす、ばん、するから。……ケーナ、おかー、さんは。あんしんし、て行って来て……」

「あら～、大きく出たわねえ」

引き取った当初とは段違いの強い意志を込めた瞳を向けてくるルカに、破顔したケーナはガバッと抱きついた。

腕の中のルカはと言うと、「ちょっと失敗した」と言いたそうな苦い顔で、もう過度すぎるケーナの抱擁癖に小さく溜息を吐いた。

助けてとその背後で戸口から顔をのぞかせたロクシーヌに視線で救援を求めてみるが、楽しそうな笑みを残してまた扉の向こうに引っ込んでしまった。

それからしばらくは抱擁されたまま可愛がられ、解放されたのは昼食になってからだったという。

一応「ダンジョンに潜るから数日かかるかもしれない」とは伝えておく。夜のうちにロクシーヌとロクシリウスにルカのことを頼んだケーナは翌朝、日も昇らぬうちにフェルスケイロに跳んだ。

そこからオウタロクエスの王都を目指す予定である。

距離で見ればそのまま外郭通商路を村から南下する方が近いが、【転移】の目標設定に値しない場合は長引いた時の行き来が大変になる。

先にオウタロクエスを設定しておけば、そちらに跳んでから移動すれば済む話だ。

使い捨ての目標物はあるのだが、宿に放置して万が一移動させられると大変なことになってしまうため、使うのがためらわれる。

フェルスケイロの冒険者ギルドに久しぶりに顔を出し、依頼をざっと眺める。

馴染み(なじ)のアルマナの話によると、フェルスケイロとオウタロクエスを繋ぐ西側の外郭通商路が今は使えないそうだ。

これは先日の防衛戦の影響もさることながら、レオヘッドなどの見知らぬ魔物がどこから出現したのか調査中であるという。あとケーナが開けた大穴が埋め立て中なことも原因である。

代わりに大陸中央を横断する都市部直通路が開放されているそうだ。

都市部直通路は本来、王都同士を最短距離で結ぶ通路なので、有事の際以外は緊急の伝令か王族や騎士団くらいしか使えないのだそうな。

上層部である国の頂点に立つ王族や宰相などは『廃都(はいと)』に関する情勢をどう判断していいか分からないため、『安全が確認されるまでは通行停止』との通達を出しているようだ。

騎士団や冒険者で西側の防衛線に参加した者たちは、ケーナの呆(あき)れる程の戦闘力の他に未知の魔物(レオヘッド)の強大さも垣間見(かいまみ)た。

集団戦に武を発揮する騎士団でもさすがにあんなモノは想定外だ。現に遠方からの【魅了魔法】でいいように扱われる寸前だったのだから。

なので現在は前の人員、アービタ率いる炎の槍傭兵団までも招き入れて、再編成の名を借りた豪快なシゴキの真っ最中だという。

もちろんこれはケーナにも依頼される予定だったたが、アービタとシャイニングセイバー曰く「文字通り撫で斬りにされそうだ」の一言で却下されたらしい。

ケーナはどうせオウタロクエスに行くのだからなんか護衛の仕事でもないかと、掲示板に貼られた無数の依頼書を端から眺めていた。

冒険者ギルドの中にいた同業者から時々畏怖や羨望といった視線が飛んでいくが、鈍いケーナはまったく気付かない。

顔見知りが親切にも忠告をくれたので、後ろを振り向いてようやく（負の感情を含んだ）ソレに気付けたくらいである。

噂の実力者と不意に視線が合った者たちは、緊張感にゴクリと喉を鳴らす。

「あ、スミマセン。依頼書見え難いですかー？」

しかし笑顔で腰の低いケーナの謝罪にどがしゃーん！　と脱力して突っ伏した。

「あ、いいもんみっけ」

適当な依頼を見つけ、アルマナのところへ持っていく。

受付にいた職員たちは、奥のスペースで倒れたテーブルや椅子を片付けている冒険者とケーナを見比べながら苦笑していた。


ケーナの受けた依頼は、吟遊詩人をやっている夫婦のオウタロクエスまでの護衛だ。

基本個人の旅人は徒歩しかない。街道沿いであれば定期の乗合馬車が出ているはずだったが、都市部直通路ではそれが使えない。理由は貴族の使う馬車の邪魔になるから、らしい。

一〇日ほどは掛かったが、ケーナにとっては中々有意義な日程だった。

酒場や街中で歌う曲の他に神話の物語を綴った詩まで教えてもらい、ケーナからは入院していた時に好きだったアイドルの歌などを逆に教えたりした。

中には丸ごとキーに取り込んでおき、ゲーム中のBGMにしていたものもあったので、その場で再生し披露する。二人は大層驚いていたが、見知らぬ異国音楽に感動していた。

スキルの中には【呪歌】という攻撃補助手段もあるけれど、こちらの世界に来てからは初めてそんなものは抜きで歌に触れた充実した日々が過ごせて、ケーナは満足した。

オウタロクエスに行く道は端的に言えば下り坂だ。

ゆるやかに標高の下がっていく道を行けば、先に見えるは深い緑の広大な森林である。

標高の高いところにあるヘルシュペルの周辺に広がる爽やかな緑などとは随分違う、密林という類のモノだ。徐々にべた付いてくる湿気を含んだ空気に、慣れないケーナは不快感を感じていた。

王都に近付いた辺りから樹上に上る吊り橋が街道に取って代わり、木々の中を縫うように架けられた木橋となって広がっていく。

テレビ番組などで見たことのある、アスレチック場に似た印象の都市の中央に、ドデカイ樹と同化した王城を見つける。

街の入り口にもなっている衛兵の詰め所を通れば、ソコはもうオウタロクエスの王都だ。

そこでケーナは依頼者から報酬を受け取り、またどこかで会った時は歌を教え合う約束をして別れる。

夫婦の姿が見えなくなってからケーナは振り返り、王城に接している巨大な生物を見上げた。

「エクシズたちの言っていた九条の守護者の塔ってこれのことだよね。なんでここにあるの？」

オウタロクエスの亀騒動についてはケーナのところに情報は入って来ていない。

エクシズが伝え忘れていたこともあるし、クオルケが詳細を語らず「アドバイス役に立った」としか返さなかったこともある。

ケーナはてっきり二人が守護者の塔の試練に挑んだと思っていたのだ。

周囲を見渡してみても、住民は多少気にしているようだが、大っぴらに騒ぎ立てている者はいないようだ。

所在が分かっていて動いていないようなら、訪ねるのは後回しにしようとケーナは判断した。

「さーて、まずはギルドへ行って問題の村の情報収集かな？」

その前に【魔法技能（マジックスキル）】のコマンド画面を呼び出して【転移】先にオウタロクエスが登録されているのを確認する。

それから周囲を見渡し、樹に同化するかツリーハウスになっている住居の街並みがどれも同じように見え、目的の建物がどれなのか分からず途方にくれた。

「どこに行けばギルドとか宿屋とかあるんだろう？」

とりあえずその辺の人にでも聞いてみようかと一歩踏み出したら、背後から大声の強襲を受けた。

「ああ————————っ!!?」

「……ケーナ様？」

振り返ったケーナが見た者は、少し前に辺境の村で会った猫人族（ワーキャット）の兄妹だった。

街門をケーナに続く形でくぐって来たらしく、妹のクロフィアは嫌悪感あらわにこちらを指差し、兄のクロフは怪訝（けげん）な表情で彼女を見ていた。

「えーと。クロフさんと、名前呼んだら逆切れしそうな妹ちゃん」

「貴女なんかに名前で呼ばれたくはありませんわっ!!」

「呼ばなくても逆切れするのか……」

病院にもなんでも当たり散らす子供がいたので、この手合いの扱いには慣れている。

辛抱強く付き合っていれば垣根が取っ払われるのだ。

……が、後にようやく心を開いたその子は桂菜を重度のストーカーと勘違いし、恐怖から配下へ下ったと打ち明けられてショックを受けたのは彼女の黒歴史である。

ちょっとヘコみそうな過去を思い出して、気力が萎えたケーナに「こんな空気の悪いところにいたくはありませんわ！」と捨(す)て台詞(ぜりふ)を吐いたクロフィアは、兄を残してスタスタ早足で去っていった。

「すみません、ケーナ様。妹が無礼を……」

「いや、それはともかくとして……。なんか人の注目度が凄(すご)いんだけど、なんで？」

ちょっと離れたところの衛兵やその辺を歩いていた民衆にガン見されたケーナは身震いした。

ケーナは知らないことだが、クロフ兄妹はこの国でもトップに位置する冒険者なので、妹の気性を差し引いても民衆には英雄(ヒーロー)扱いなのだ。

その片割れから一方的に嫌われたケーナに、非難の視線が集中するのは当然のことと言えるだろう。同情の視線も少しは混じっているが。

「ケーナ様、失礼致します」

「え？　あ、ちょっと？」

そこに思い当たったクロフは、慌ててケーナの手を引いてその場を離脱した。

人払いがお手軽な冒険者ギルドの奥の部屋を顔パスで借りて、ケーナと一緒に安堵の溜息を吐く。ちなみにガン見された理由はクロフから簡潔に説明された。

「なるほどー、こりゃ今日の宿は胡散臭い目で見られそうだ」

「なんでしたら城に部屋を用意させますが？」

「それこそ不審者が何で城に？　って民衆が訝しがるでしょーに。サハラシェードに会いに来たわけじゃないしねー」

「それもそうですね」と頷いたクロフは、彼女が頑なに女王との面会を拒むくせにこの国にいる理由に興味を引かれた。

どうせならその理由を聞き出し、可能ならば同行して、彼女の行動を観察して女王に報告するのが影の役割だと瞬時に判断する。

「それでしたら、少々手狭ですが私共の家に来ませんか？　部屋はありますのでいくらでも泊まっていってください。妹が迷惑をかけたお詫びに」

「むむ、それは魅力的な提案なんだけど、妹ちゃん怒らない？」

「元よりクロフィアの責任ですからね。言い聞かせましょう」

「そこまで言うならそのご好意に甘えさせてもらおうかな～。……で、本音は？」

「……お見通しですか。できるのであればケーナ様の旅に同行させて頂ければ、と」

その提案にはちょっと戸惑うケーナ。

なにしろ相手は罠には定評がある『悪意と殺意の館』の主が設計した恐怖のダンジョンである。

七〇から八〇レベルの者程度だと、ヘタを打てばダンジョンに蔓延るモンスターに、ぷちっと潰される可能性が高い。

まあ潰された場合には、スカルゴから使用禁止と釘を刺された【蘇生魔法】の出番だろう。

ちなみになんで禁止されるのかというと、現リアデイルで【蘇生魔法】というものは遺失魔法にカテゴライズされているからだ。

同行を許可したら死んでしまいました。なんて言うとクロフィアにも迷惑が掛かりそうなので、もしもの時は息子の忠告を無視して使うつもりである。

ついでにこの国の冒険者であれば件のダンジョンのことも知っていそうなので、交換条件に同行を了承した。

ガサゴソと取り出した地図の一角を指差して聞いてみる。

「ああ、このダンジョンですか。知っています、説明が必要ですか？」

「今どこまで攻略が進んでいるのかなあ、って思って」

「その口ぶりだと昔からあったんですか、これ？　ええと、確か発見されたのは一〇〇年ほど前なのですが、壁面が金だったので皆が色めき立ちましてね。初期の頃は一階から三階でかなりの死傷者が出たと聞いています」

「それに見合うだけの宝は幾つか発見できていたようなのですが、仲間を亡くした冒険者が洞窟の傍で宿屋を営み始め、いつの間にかそこを中心に冒険者相手の店が集まって街が作られています。少し規模の大きい村くらいですか」

そんな宝なんか入れたっけ？　とケーナは考え込む。

オプスが配置した宝箱には二人で集めた手慰み程度のアイテムしか入れてなかったはずだ。筋力＋１の腕輪だとか防御ＵＰの小盾等の、些細なプラス効果が付加された初心者レベルの武器防具ばかりである。

逆に現在はその手の製法が失われ、名工と呼ばれる一部の職人がなんとかその辺りまでの効果を生み出すことに成功している程度だというのをケーナは知らない。

「冒険者ギルドも村にありまして、一定技量以下の者を中に入れないようにしていたハズです。先日聞いた話では今まで到達した最下層は……、確か一三階だとか」

「三階まででソレか……」

がったーん！

聞き漏らすまいと身を乗り出したケーナがひっくり返った。

無論あまりにも予想外な結果にである。

「一〇〇年もかかって半分も到達してないのっ⁉」

「はんぶん？　ってことはこのダンジョンは……？」

「ああ、うん。昔に悪友と私で作ったものよ。どうもその悪友が最下層に引き籠もっちゃっている可能性があってね。それで今どうなっているのかなあ、と」

「はあ……、成程。女王の血縁が作られるとこのようなダンジョンに……」

「いや、設計したの悪友だから。確か最下層は三〇階だったと思うけど」

基本的にゲームのフィールドに置かれる中継ポイントの周囲は、最低レベルモンスターが配置されるため初心者用の狩場になっていた。

その初心者を対象にするおちょくりダンジョンを造る、とオプスから聞いた時はなんつー暇人かと当時は思ったものだ。

結局悪乗りに付き合ってしまい、調子に乗ったオプス共々通路を金にコーティングしたりと楽しんで造ってしまったのは確かだ。

高レベルのプレイヤー相手に造ったわけではないので、初心者を卒業すればクリアするのは簡単である。

さすがに今の世になって全体的にレベルが低下するのは想定してなかった。

「やれやれ、残り一七階は自分で踏破するしかないのかぁ」

「微力ながら、我らでよろしければ力を貸しましょう」

多少は楽ができると思っていたケーナの思惑は外れてしまい、面倒臭そうに肩を落とす。

クロフから見ればソコまで手間暇をかけて迎えに行く悪友という者に興味を引かれる。

これは何があっても同行しなければと、仕事より私情が優先される形で協力を申し出た。

そのダンジョンの本性も知らずに。

第四章
到着と、ダンジョンと、仕掛けと、罠と

なんだかんだと言いつつも、ケーナはクロフ邸に二泊することになった。

これはクロフたち兄妹が休養と準備に当てる日数である。

ケーナと出会った時点で、彼らは長期の依頼から戻ったところであったためだ。クロフはすぐにケーナのダンジョン行きに同行する旨を申し出たが、疲労しているのは隠せない。

そこをクロフィアが嫌味交じりで説明したため、ケーナが休養を勧めたのである。

そして敵意を向けてくるクロフィアに遠慮して宿を取ろうとしたところ、兄が迎え入れた決定は揺るがないと主張する彼女に引き留められたのであった。

王都の一角に居を構える彼ら兄妹の自宅はツリーハウスであった。広さは一般人の住居と比べてやや大きく、クロフたちは部屋の一つを下宿屋として他人に貸しているらしい。

その四畳半程度の一室を借りたケーナは簡易拠点アイテムを置くと、夜のうちに一度村まで戻った。

主人の気配に気付いて起きたロクシリウスたちに経緯を話すと、守護者の塔から自宅まで移した荷物で手持ちのアイテムをダンジョン用に整理する。

静かに眠るルカの寝顔を十分に堪能(たんのう)してから、またオウタロクエスへと飛ぶ。

その時にケーナに嫌がらせをしようと侵入して来たクロフィアを押し潰し、意識しないで報復をしてしまったという些細(ささい)な出来事があった。

そのせいで更に怒りをこじらせたクロフィアは、二晩目も報復に訪れた。

しかし今度は自動迎撃システムの雷精によって自宅から追い出されるという羽目に陥るが、きっと瑣末事だと思うので詳細は割愛する。

オウタロクエスの王都からダンジョン村まで五日ほどの距離だと聞く。

正式名称はレクテイ村というらしいが、どうせ行くのは一度きりだろうと思ったケーナは名前を覚えることはしなかった。

オウタロクエス王都からそのレクテイ村までは、定期便の乗合馬車が出ているというのでクロフたちとそれに乗り込む。乗合馬車であれば三日前後で到着するらしい。

途中でゴアタイガーの群れに襲われたがケーナの出る幕はなく、クロフとクロフィアの二人があっさり倒してしまった。

旅の間、ケーナはクロフから特に役に立たないオウタロクエス豆知識のようなものを聞いていた。オウタロクエスの国では殆どの人たちが樹上生活をしていると思われがちだが、全員がそういったわけではないらしい。

むしろ樹上生活に拘った者たちが集ったのが王都だという。どこに違いがあるかケーナには不明であった。

他にも女王は意外に話の分かる御仁で、時折城下町を視察という名の息抜きで放浪しているのだとか。

ついクロフィアが「そんな国の重要機密を他人にベラベラ喋るものではありませんわ！」と、

激昂したり。「陛下が害されたりしたらどうするのです！」と更にヒートアップしたりだ。

とことん気に入らないからと発言の度にケーナを見るので、乗合馬車に同乗した人たちの誤解した冷ややかな視線がケーナにビシバシと突き刺さる。

その反応を見る限り、ケーナが女王の身内だというのはクロフィアにはまだ知らされていないと判明した。

「なんでそこまで猿になりたいのか。甚だ疑問だなあ」

「樹上生活をしているだけで猿と呼称されるいわれはありませんわ！　地面にへばりついている者もソレ相応の呼び方をされたいんですの？　蟹とか」

「じゃあ、あとで妹ちゃんとは柿の投げ合いをするしかないようね？」

「どういう解釈ですのっ!?」

のんびりとしたケーナの物言いに、なんでも噛み付くクロフィア。

打てば響く形で突っ込んでくるので、ケーナも少しおちょくるのが楽しくなってきたようだ。

これから暫くはダンジョン内で一緒に行動するので、あんまり嫌われるのも考え物である。

クロフは、二人の後ろから楽しそうな笑みを浮かべ、後に続く形でレクテイ村の入り口をくぐった。

ダンジョンを囲むような形で村が形成されているので、ツリーハウスらしきものは一軒も見当たらない。

この村は過去の白の国の辺境村のように建物の多くが宿屋で占められていた。

残りは冒険者に必須の道具屋か武器屋、酒場とおまけのように娼館である。

それらの施設を回すだけの住民と、残りの大部分は冒険者たちで構成されていた。

そもそもこのダンジョンが見つかった時は、入り口や内部の壁面が金で覆われていたので古代の王族やどこぞの有力者の墓ではないかと噂が飛び交ったようだ。

ただ地下一階からそれなりに強力な魔物が出てくるので、内部の探索にはかなりの危険が伴ったらしい。ケーナも話を聞いていると渋い顔になる。

このダンジョンの成り立ちというのが途轍もなくくだらない嫌がらせに近いので、まともな解釈を聞いていると背筋に嫌な汗がにじみ出るような感じだ。

オプスが言うところの「初心者おちょくりダンジョン」というものなのだから。

ゲームの初心者というものは普通ならばレベル一〇以下の者を指すだろう。

だがリアデイルというＭＭＯＲＰＧの最終到達点は、レベル一〇〇〇という破格なところにある。当然初心者というカテゴリーもそれに合わせて上がっていた。

大体レベル二〇〇くらいまでが初心者。レベル五〇〇くらいまでを中級者。レベル八〇〇までを上級者と呼んでいた。ケーナたちのようなレベル一一〇〇までいくとただの廃人である。

レベル六〇〇から七〇〇辺りであればそれなりに遊べて戦争も楽しめる、というのがプレイヤーたちで導き出した答えだ。そこを逸脱した廃人たちの国が蛇蝎の如く嫌われていたのも当然と言えよう。

話を戻すとレベル二〇〇以下で対応可能なのが、野心神殿と名付けられたダンジョンのギミックだ。現状の住民たちのレベルではとても太刀打ちできないのは明白だろう。

ケーナの見立てではケイリナでも連れてくれば、それなりに下層階まで進めるのではないかと考えている。国に所属してる騎士が南のこんなところまでは来ないと思われるが。

レベル八〇のクロフと七〇のクロフィアでは半分も進むことができればいい方だろう。先日聞いた一三階層到達は、クロフたちがやり遂げたのかと思っていたくらいだ。

「それは自分たちではありませんね。二人だけでダンジョンに潜るというのは、色々と足りていませんから」

「それは人材的なところ？　それとも人数がいれば解決できる話かな？」

「どちらかと言えば人材、でしょうか。人数もいればそれなりに役割がバラけますので。自分たちは前衛傾向にありますから」

「なるほど……」

ケーナがチラリと見たのはクロフィアである。この猪突猛進娘がいれば罠の巣窟のようなダンジョンを進むのは苦労するのかもしれない。

「ちょっと！　何で今こっちを見ましたの⁉」

「いや、特には」

何か含んでますよー、と言わんばかりに口の端を上げて笑うフリをしてみせれば、瞬間湯沸かしのように激昂したクロフィアがケーナに噛み付く。

蠅でも払うようにクロフィアをいなすケーナに、クロフも苦笑いを隠せていなかった。

逆に「なんでお兄様まで笑いますの!?」と突っ込まれる始末。

高音騒音公害という点で激しく目立っている一団である。それとは別に、村の門をくぐった時からその辺りにたむろしていた冒険者たちの視線がクロフたちに集中していた。

正確に言うならば二人がいるのに気付いて、唖然としたという方が正しい。

「お、おい、……あの二人……」

「ああ。クロフとクロフィアの兄妹だな……」

「なんだってアイツらがここに？」

「冒険者ギルドがここの攻略に業を煮やしたってんじゃねえだろうな？」

「おいおい、そんなことされちゃあ俺たちが小銭稼ぐどころじゃねえぞ……」

そこかしこから小声で嫌味と取れなくもない会話が聞こえてくる。

あからさまに見下した視線でクロフィアはその冒険者連中をチラリと見て、小馬鹿にするように鼻で笑う。たちまち周囲の冒険者たちの表情が怒りに染まり、剣呑な敵意がビシバシと伝わってくる。

「嫌われてるのね」

「気にするだけ無駄ですよ」

クロフは妹を諌めもせずにケーナに「こっちですよ」と声を掛け、小綺麗な宿屋へと案内した。

宿屋の主人はクロフの顔を見ると、鍵を投げてよこし「二階だ」とだけ告げて知らんぷりを決め込んだ。

ケーナがそのやりとりに首を傾げていると、クロフは苦笑しながら「馴染みなんですよ」と教えてくれた。ダンジョン目的以外の用事で何度かこの村に立ち寄っているらしい。

クロフに案内されたのは、ゆったりとくつろげそうな大部屋であった。クロフィアは荷物を置くとつまらなそうな表情で窓際の壁に寄り掛かる。

部屋の中には鍵付きの小箱が備え付けられているだけで他にはベッドも椅子もない。

クロフが言うには大勢で雑魚寝する部屋だそうだ。

「へー」

「なんでしたらケーナ様だけでも個室を借りてきましょうか?」

「え、なんで？　修学旅行みたいに雑魚寝するんだよね。結束が固まりそうでいいんじゃない」

「……し、シュ、ガクリョコー?」

結束と口にした時点でクロフィアから嫌悪する視線が飛んできた。口に出して文句を言って来ないだけで、ずいぶんと静かなものである。

　ケーナ自身は修学旅行の経験はないが、小説やドラマで見たシチュエーションに少し憧れがあった。さすがにここでそのような状況には身を置けないのは分かっているが。

　引き合いに出した単語を不思議がるクロフに対して意味深にクスリと笑う。

「少し作業してもいいかな。たぶん邪魔にはならないと思うから」

「何かをお作りになるのですか？」

「ちょーっとダンジョン探索用の小物をね」

「はあ」

　納得のいかない顔で頷いたクロフと興味すら向けてこないクロフィアは、ケーナが行使した【技術技能】の発光現象に驚いて振り向く。

　アイテムボックスから幾つかの材料を床に並べて、無雑作にスキルを使う。

　クロフたちにとっては辺境の村で目にした【料理技能】以来の古代の御技である。

　興味を持っていない風を装っていたクロフィアも、目を見張って驚いていた。

　作るものは付いて来たクロフたちの生存率を上げるものだ。

　さすがに自業自得からのミスで死亡などという結果には介入しようとは思わないが、コチラの言った忠告を聞いてくれて素直に受けてくれる分には役立つアイテムを渡す予定である。

　クロフィアがケーナへの反感から先走って、無残な姿を晒すことにならなければ大丈夫だろう。

散々クロフから言われて懲りたのか、同室で寝ていてもクロフィアがケーナの眠りを妨げるイベントはなかった。毛布にくるまって雑魚寝なんて初めてのことだったがケーナ的には何の問題もなく夜が明けた。

宿屋を引き払い、ダンジョン前で装備や持ち物を点検する。

ケーナもそうだがクロフたちにも厳しい視線が向けられていた。

大半はこの地で小銭稼ぎをする冒険者たちからだ。嫌悪やら厄介者に向ける視線などがびしばしと集中している。

ダンジョンはもうここで朝日に照らされて見える入り口からして金箔（きんぱく）成金通路になっていた。

「いやー、懐かしいかな懐かしいかな」

『ケーナハ綺麗サッパリ忘レテイタデショーニ』

ずんばらりと鋭いツッコミがキーから飛んで来るが、渋い顔をしてケーナは文句を言うのを耐えた。こんな衆人環視の中で怒鳴れば、余計に変人扱いされそうだからだ。

ちなみにダンジョン内の金箔化している部分は三階までしかない。

これは当時の作製中にオプスと一緒に七国中の売店やら競売やらを漁（あさ）りまくった挙（あ）げ句（く）、あちこちで金を買い占めすぎてしまったためである。

その時期以降ゲームでは金の値段が天井知らずに高騰してしまい、「スキルマスターが金を買い占めている」という噂まで流れた。

如何なスキルマスターと言えど持ち得る技能と商売の素質は比例しなかったため、二人の貯蓄が尽きたところで金箔化はストップしてしまったのである。

「はいこれ、髪飾りになっているから着けてね」

「髪飾りと言うには、やや無骨ですね」

ケーナはクロフとクロフィアに昨日作ったアイテムを渡した。

髪に取り付ける髪飾りになっているが、本体はそこに付随している万年筆型の部分である。

実はこれ魔韻石を埋め込んで投光機の役目を果たす装備アイテムなのだ。

起動キーワードは『神よ、我らの前を照らしたまえ』である。こういったキーワードが妙に格式染みているのは、普段の会話や指を鳴らす動作などで消えないようにするためだ。

それと幾つか作ったポーションも二人に押し付ける。

事前に命の危険があるのをクロフに伝えておいたことから、クロフィアにキチンと兄が言い聞かせたので、彼女はすんなりとポーションを受け取った。

ケーナから直接渡すよりは、クロフを経由した方がクロフィアには受け取ってもらえそうだ。

それと野心神殿に入って、外からの目がなくなったところでケーナはクーを二人に紹介した。

「……こ、これは、また」

「嘘っ、妖精……」

ケーナが思っていた通り、あんぐりと口を開けて二人が硬直する。悪戯が成功したようでケーナは満足する。こういうのに味を占めるとオプスみたいになってしまうので、気を付けねばなるまい。

「クーは、クー」

ふわふわ浮いたまま頭を下げるクーを見て、クロフィアの瞳が少々剣呑な色を帯びてきている。

クーもそれを感じ取ったのか、クロフィアから距離を取った。

途端にクロフィアは悲しそうな表情になる。もうちょっとポーカーフェイスを身に付けた方がいいんじゃないか。

野心神殿、ダンジョンの中はやけに静かだった。

通路は横に三人が並べるほど広いが、探索に慣れていると言い張ったクロフィアを先頭に、クロフが続きケーナは最後尾だ。

生き物の気配はともかく、魔物の気配もほとんどない。

それもそのはず、ここに来るまでに各階に設置してあった『招かれる板』は全て叩き割られていた。

『招かれる板』がなければ魔物は発生することができないので、この静けさも納得のいくものだ。

おそらく壁から魔物が発生しているのを見て、板を破壊して魔物の供給を絶ったのだろう。

魔物を倒さねばレベルを上げることができないので、上で見た冒険者たちのレベルが低いのも頷ける。こちらの冒険者たちにはレベルを上げて強さを得るような欲求はないようだ。

「もったいない……」

「何がです？」

『招かれる板』の破損状況を見て呟いたケーナに、クロフの素朴な疑問が飛んだ。

振り向きながらケーナは『招かれる板』の特性について軽く説明を述べた。

「これはダンジョン内に一定数の魔物を生み出す役目があるのだけれど」

「ええ、話だけなら聞いたことがあります。このダンジョンが見つかった当初は、魔物が強くて何人もの犠牲者が出たと」

「この板を破壊すれば魔物が出なくなるなら、いいことじゃない」

しらんぷりを決め込んでいるクロフィアからも、清々するという態度で正論が飛んできた。

人命を優先させるならそれは間違っていないのだろう。

だがその定期的に生成される魔物にも明確な役割があるのだ。

「その魔物を倒せば、一定確率で宝箱を出すって知らないでしょ」

「え？」

「……はぁ⁉」

「つまり魔物を倒さねば宝箱は出現しないということですか?」

「そうね」

運営の作ったダンジョンはともかく、プレイヤーの作るダンジョンは宝箱の出現する位置やパターンなどを細かく決められる。

一般的には「ゴミ」だとか「倉庫の肥やし」などと言われるクズアイテムを、ケーナとオプスは大陸中を回って集めまくったものだ。

ダンジョンの予備部屋に集められたそれらのアイテムは、全てここの魔物がドロップする宝箱に転送されることになっている。

その魔物の発生源を絶やしてしまえば、アイテムが一切ドロップしなくなるのも当たり前だ。

今更ながら思いもよらぬところから知った真実に、クロフたちも開いた口が塞がらない。

しばし呆然(ぼうぜん)としていたが、ケーナが二人を追い抜いて前に出たことをきっかけに我に返った。

「……お兄様」

「ああ。無事にここを出られたら、上の連中にこのことを知らせてやろう」

「あの女の言うことを全て信じていいのですか?」

「このダンジョンが枯渇しかけている、などという仮説をひっくり返せるだろう。なにより最初の頃によく出ていた宝箱が、魔物が姿を消したと同時に見かけなくなったその理由が判明したのだ。なんなら試しに魔物を倒してみればいい。それで宝箱が出ればその証明にもなろう」

いつもより饒舌に喋る兄が意外にも高揚しているのだと分かって、クロフィアは驚いていた。そうなった原因があの女というのが気に食わないけれど。

気に食わないけれども気になる理由が出来たことに嫉妬が募る。

何よりホラ話にしては話の内容が的確すぎる。エルフがダンジョンを作ったなんて。ドワーフだったらまだ信憑性があるというのに。

「ちょっと！　素人が先に行って罠にでも掛かったらどうしますの！」

だから信じてはやらないことに決めたのだ。クロフィアはそれが後になって返ってくることを知らず、前に出たケーナを怒鳴りつけた。


「うーん。ボス部屋の板まで割った、……ってことはないよね？」

「ここにも板があると？　そういった話は聞いておりませんね」

地下五階層の端にある巨大な扉の前で首を傾げたケーナに、クロフが驚きながら振り返る。

よくある数階層ごとのボス配置その一つめであるのだが、野心神殿ではボス部屋というのは二つしかない。

五階層と三〇階層である。

なんでこんな構成になっているのかと言えば、もちろん作製者の意向だ。

奴曰く『ククク。まずは五階層にあって、潜ってきた者たちは次に一〇階層に同じ物があると思うじゃろう。だが我はそんな定石など踏まぬ！　そこになければ次は一〇階層置きにと思うに違いない。だが一五階層にもなければ、もうないと仮定して緊張感で疲れて一度戻ろうとするはずじゃ。そして地上へ直通となっているはずの転送陣へ乗る。だが、それは再び五階層へ繋がる罠となっておるのじゃ！　クククク。そしてまた五階層のボスを倒し、そこで悩むじゃろう！　ここの転送陣に乗ってよいものかを。素直に歩いて帰るものは賭けに勝った者。乗った者は賭けに負けた者じゃ。そして次に転送されるのは三〇階層じゃて！　そこでボスを倒せれば良し。倒せなかった者たちは死んでペナルティを背負う。で、あるからそこで倒した者たちには罠が発動する。歩いて帰るしかない罠がのう！　クククククッ！　見える、見えるぞ。戻るのに疲れ果てて死に戻りするか否かを悩む初心者共の苦悩がっ！』

　これを、高笑いと共に述べていた。

　この発言からも分かる通り一瞬で地上まで戻れる転送陣という仕掛けは、五階層と一五階層にしかない。それすらも罠なので地上には繋がっていないのだが。

　つまりは五階層でボスを倒し、次のボスを求めて一五階層まで行って引き返す選択をすれば、また五階層まで戻される。そこで転送陣に乗った場合のみ最下層に飛ばされ、地上に戻る手段は徒歩のみという意地の悪い仕掛けであった。

　ダンジョンから一瞬で外に出る転送陣と同じ効果を持つ魔法もあるにはあるが、習得最低レベルの問題もあって初心者には手に入れることができない。

そしてオプスという男は、初心者の苦しむ姿を見て悦に入るという、つまりはそういう人物だ。人の不幸は蜜の味を地で行く性格なので、初心者などは奴の格好の餌である。

野心神殿というダンジョンは、自尊心を満足させようと思えば酷い目に遭うという罠ダンジョンなのだ。まあ、ケーナもその片棒を担いでいるので人のことは言えないが。

ケーナがそんなことを思い出しつつ、ボスは何だったかと記憶を探っていた時であった。

「それより先に片付けねばならない問題があるようですね」

呟いたクロフとクロフィアが後ろを振り向いたのは。

ケーナもそれに釣られて後ろを確認する。言うまでもないことだが、ケーナも自分たちの後を一定の距離を開けて付いてきた連中のことは気が付いていた。

ケーナの場合は普通に後続の冒険者だと思っていたのである。しかしクロフたちは違うようだ。

クロフはケーナを守るように前に出て、腰の剣に手を掛けている。クロフィアに至っては弓に矢をつがえていた。

「あれ？」

「全く、この程度も分からないようでは先が思いやられますわね」

嘆息したクロフィアが通路の先を見据えながら、呆れたように呟いた。

二人の頭には魔道具の細いライトが取り付けられているため、ボス部屋前の広場に出てこようとした無粋な闖入者(ちんにゅうしゃ)の姿をばっちり捉えていた。

「チッ！　気付かれていたか……」

舌打ちをしながら現れたのは年若いエルフの男たちだ。エルフなので見た目の年齢で合っているかまでは分からない。猫人族(ワーキャット)や犬人族(コボルト)も交じっている。

目に剣呑な光を宿した一〇人ほどの集団が三人の前に立ち塞がった。

冒険者らしく剣と鎧(よろい)で武装している者が七人と、弓を持っている者が三人。ただの後続にしては雰囲気が物々しい。

「だいたい予想はつきますが、一応聞いておきましょう。何の用ですか？」

クロフが率先して問いかける。一応この中のリーダー役と思われているようだ。あちらさんにしてみればであるけれど。

武器も構えずボケッと佇(たたず)むエルフの小娘が、この三人の中で一番敵にしてはいけない者だとは、誰も普通思わないだろう。

「問いかけるだけ無駄よ、お兄様。どうせ金の匂いを嗅ぎつけて追ってきただけでしょう」

「へー」

「貴女(あなた)も少しは緊張感を持ちなさいよ！」

そういうハイエナみたいな人たちもいるのかと素直に頷いたケーナに、クロフィアの叱咤(しった)が飛ぶ。

「俺らもこの枯れかけたダンジョンには飽き飽きしてたとこなんだがよ。あんたのようなベテランが潜るとなれば、こりゃ何かあると踏んだのさ」

「へへっ、大人しくその秘密を教えな。情報の対価はそっちの女共でどうだ？」

獣欲を湛えた一〇対の目がケーナとクロフィアの肢体を舐め回すように這う。

クロフィアは気持ち悪さに身震いするが、ケーナは自分の体が貧相（入院していた頃の体がやせ細っていたのを含めて）だと思っているのでキョトンとしている。

「情報の他にも貪り食おうというのか。哀れな」

「アンタに憐れんでもらう必要はねえんだよ！」

クロフが目と表情に哀れみを込めると、激昂した先頭の男が剣を抜いた。

後続の男たちもそれに倣って剣を抜き、矢をつがえる。

ケーナの【サーチ】で見てみれば、襲撃者たちは平均レベルが二〇弱だった。これではクロフたちにかすり傷を負わせるのが関の山だろう。

「この人数ならばこっちが有利だ。囲んでやっちめえ。なあに情報は痛めつけてからでも吐かせることができるさ」

「へへへっ、残った女は好きにさせてもらうぜ」

「早い者勝ちだぞ、分かっているだろうな！」

もう勝った気でいる追い剝ぎたちに、ケーナも呆れた視線を向けるばかりである。

クロフィアに至っては牙を剝き出しにして声に出せないほど怒っている。果たして奴らの人格に怒っているのか、所業が許せないのか。

「お兄様と同じ男性だとは思えない野蛮さですわ！　覚悟してくださいまし！」

引き絞ってはいけないギリギリの領域まで弓を引き、矢を放つ。目にも留まらない速さで飛んだ一矢目は、不埒（ふらち）なことを口走ったエルフの肩口に突き刺さった。

「がっ!?」

「けっ、そっちから先制とはやってくれるじゃねえか。てめえら、やっちまえ！」

「「おおおおおっ!!」」

どうやら先に手を出したのはこちらの方、という言い分を与えてしまったようだ。

矢が飛び、男たちが剣を振りかざしてこちらに向かってくる。

最速でクロフィアの二矢目が飛び、先頭にいた犬人族（コボルト）の足に突き刺さる。悲鳴を上げた犬人族（コボルト）は前のめりに倒れ、矢の刺さった足を抱えて転がりまわる。

後続の男たちは倒れた仲間を足蹴にするのも躊躇（ちゅうちょ）しない。野蛮人とはよく言ったものだ。

ケーナがこっそりと「手を出しても大丈夫かな？」とクロフに確認すると「ほどほどでお願いします」と返ってきた。

「ほどほどに半殺しね……。了解了解」

【魔法技能（マジックスキル）：焼結炎槍（ルービー・イア・ゾース）】

一言で頭上に巨大な炎の槍を生み出したケーナの所業に、襲い掛かろうとした男たちが急停止する。直立した大人一人分はあろうかという炎の槍は、誰が見ても息を呑むほどの凶悪な形状だ。

赤とオレンジの火の粉をまき散らしながらケーナの頭上で待機するその姿だけで、男たちの獣欲を纏(まと)った表情に陰りが浮かび始める。

「お、おい……、そ、それをどうする気、だ？」

掠(かす)れた声で炎の槍を指差す、真っ先に襲い掛かろうとした男にケーナはニヤリと笑ってみせるだけだった。

途端に顔色が青く変わったその男は、踵(きびす)を返して逃げに入る。だが、術者の視界内にいる限り魔法に外れる要素はない。

「てぇ」

「え？」

ケーナじゃなくて、さっきから肩の上で静かにしていたクーが引き金を引いた。術者以外の干渉は受け付けないはずだと知っているケーナは困惑を隠せない。

それはそれとして弾(はじ)けるように射出された炎の槍は、瞬時に逃げようとした男に追い付いて背中に突き刺さった。

普通の【炎槍】なら突き刺さるか焼き切って丸い穴を開けるかするが、この【焼結炎槍(ルービー・イア・ゾース)】

は全く別物だ。当たった途端にバラけて対象の全身を覆い何もかもまとめて燃焼させる。

全身火だるまになった男が「あばあああああっ!?」と断末魔の声を上げながら燃え盛り、その状態のまま停止した。

火柱の中で焼かれて黒焦げになりつつある状況で、死なない状態を保ち続ける。非常に悪趣味だが、見せしめ用ともいえる魔法だ。

他の者たちが心折れて戦闘を放棄してくれれば、目的を果たせたので解除する予定である。この時点では服が燃えたくらいと軽い火傷程度で済むだろう。

「こ、ころさささない、で、くれ」

「と、とと投降する」

「たた、助けてくれ！　謝る！　謝るから、な！」

程なく男たちは武器を捨てて投降する方を選んでくれた。

「ムシのいい話ですわね」

「まあ、相手がケーナ様だからなあ……」

一番弱いのだろうと思っていた小娘が、視覚のインパクト的に惨(むご)たらしいやり方で殺しにかかったのだ。震えあがるのも無理はない。

「本当はこういう手段を取りたくはないんだけど」

「なら、取らなければよろしいんじゃありませんこと？」

「クロフィア?」

「……はい。すみません、お兄様」

「私がこういう時に毅然とした態度を示さないと、対処が不十分と感じたどこぞの誰かさんが独自に報復しようと行動するからねー。裏路地でこの人たちが冷たくなって折り重なっていたりすると嫌でしょ」

何やら具体的な恐ろしいことを言い始めたケーナに、襲った方も背筋が震えてくる。

碌な詠唱もなしに作り出した魔法の腕といい、容赦のない方法といい、降参するのに十分な理由である。しかし彼女が今以下の温い対処だった場合、謎の存在から報復される可能性があるらしい。それも一番最悪な方法で。

怪我をさせた具合で言えばクロフィアの矢が刺さった者の方が重傷だ。

怪我人は矢を引っこ抜いて、包帯を巻いて止血する程度に留めておく。

だがこの件は強奪未遂程度で防げたものの、無罪放免とはいかないだろう。

「どうしようか?」

「先を急ぐのだし、ここに縛って転がしておこう」

「随分甘くありませんか、お兄様」

五階層と言えど戻るわけにはいかないので、男たちは縛って放置することにした。ついでにケーナも【威圧】やら【眼光】やらを叩きつけて気絶させる。

どうせ魔物が出ない階層なので、寝ていたところで何かが起こるわけでもない。

ケーナが男たちの額に塗料で「レ○プ魔」とか「けだもの」とか書き残していく。そこだけはクロフィアと共感できたみたいで、彼女も嬉々として落書きに加わって「腰抜け」とか書いていた。

クロフだけは神妙な顔で男たちに手を合わせていただけである。

ちなみに五階層のボスはレベル五〇のグールだった。

先程の戦闘で出番のなかったクロフが一刀のもとに切り捨てて終わった。宝箱は出たが、中身は低級ポーションである。ケーナは気にしなかったが、クロフたちがそれに食いついた。

「お兄様！　これは……、偶に見つかるという」

「ああ、上級ポーションだ」

ケーナは脱力して膝を突く。

技術の消失が酷い誤解を生みだしていることに気付いて頭を抱えた。

（微ポーションなのに……）

『教エテアゲタラ、ドウデスカ？』

（あそこまで感動しているのに水を差したくないなあ）

試験管のようなポーション瓶を持ってニコニコしている二人に割り込んで、「それ昔の低級ポーションだよ」などとは告げられない。

『関係ナサソウナノデ、放ッテオイタラドウデスカ』

（キーが言ったんでしょーに！）

脳内のキーと言い合いをしている間に、感動の落ち着いたクロフたちは進むのを促した。

「行きましょう、ケーナ様」

「へいへい」

「何で貴女はそうヤル気がないのですか！　元はと言えば貴女の都合で潜るんですのよ！」

「へいへいほーっと」

「馬鹿にしてるんですの⁉」

クロフィアの金切り声がダンジョン内に虚しく響くのであった。


六階層から一三階層までは特に何もなく進む。

『招かれる板』が悉く割れているので、見つけ次第アイテムボックスに回収していく。

後で合流ができたらオプスと相談して、このダンジョンを存続させるか廃棄させるかを決めなくてはならないだろう。

オプスの性格からいって、このダンジョン目当ての冒険者に配慮するとは思えないので、放棄する可能性が高い。だとするとケーナの考え方次第でもある。

口では勝てないオプスにどう対処するか考えていたら、一四階層に下り立ったところでクロフィアが通路の奥に何かを見つけたようだ。

腕を横に広げてクロフの足を止めさせていた。

「どうした？」

「何かがいます」

矢を射かけてみると、硬い金属にぶつかったような音がする。どうやら矢では通じない敵らしい。

戦闘態勢を維持したまま待っていると、暗闇の奥から光に照らされた通路にノタノタと進み出てきたのは銀色の甲虫（かぶとむし）であった。

大きさは成体の豚ほどもあり、三匹が固まって進んでくる。

「銀色甲虫（ブリッツビートル）だね。遅いけど硬いよ～」

ケーナが敵についての情報を教えると、二人そろって飛び出していく。

続けざまに放ったクロフィアの矢は全て銀色に光る外骨格に弾かれる。

そこで初めて銀色甲虫（ブリッツビートル）はクロフたちを敵と認識したのか、速度を上げて三人へ殺到してきた。

しかし六本脚なのにのたのたと遅い。

クロフィアと前衛を代わったクロフが先頭の銀色甲虫（ブリッツビートル）に剣を振り下ろすが、カン高い音を立てて外骨格に止められた。

「っ、硬い……」

「だから硬いって言ってるでしょーに」

銀色甲虫（ブリッツビートル）は四〇レベルしかないものの、硬さだけなら一〇〇レベルモンスターを凌駕（りょうが）する。更に経験値は少ないというぺーぺーの初心者には全く旨味（うまみ）のない厄介な敵だ。

ゲームでプレイヤーの攻略法は、麻痺玉（まひだま）などのアイテムで動きを止めて袋叩き（ふくろだた）きにしたり、一旦距離をとってアクティブエリアから退避した後に、背後から強襲する等の手間が必要だった。

ケーナはてっきりそういった手段を取るのだろうと思って眺めていたが、真っ向勝負で苦戦しているのを見て溜息（ためいき）を吐いた。

モンスターが真っ先にケーナを狙わないのはレベルの膨大な差があるからだ。

つまりは率先してクロフたちを襲う。

だいたいの昆虫系モンスターは魔法抵抗力が低いので、魔法の方が効果的だ。

魂を蝕（むしば）むような闇系魔法が最も有効なので、ケーナは【魔法技能（マジックスキル）：影手針射（ブラインドショット）】を選択する。

ケーナの周囲に忽然（こつぜん）と出現した数百発の影針が、三匹の銀色甲虫（ブリッツビートル）に満遍なく突き刺さる。対象の魂をズタズタに引き裂いてあっさり死滅させた。

後に残るのは外傷のない骸（むくろ）のみ、それすらも少しの間を置いてノイズとなって消えていった。

「ま、魔法」

「今回は宝箱はなしかあ」

通路の床にびっしりと刺さっている黒い針も、程なく消えていく。

少しつまらなそうな顔をしたケーナは、呆然とモンスターが消えた辺りを眺めている二人の横を通り過ぎて先に進むことにした。

二人が驚いているのは、普通のモンスターならあのような消え方をしないからだ。

ここのダンジョンでは、モンスターが落とすのは経験値と極稀に宝箱のみである。

「ちょっと！　貴女が先に行くんじゃありません！」

やや離れてしまったところで二人分の足音が追いついてくる。

片方は文句を垂れ流しながら。いや、喧嘩を売っているようにも見えなくもない。

「なんで貴女が先頭を行くんですの⁉」

「……なんでって、そりゃあ妹ちゃんがあの程度の相手にかすり傷ひとつ与えられなかったからだよ。大挙して押し寄せてきたら、どうやって凌ぐつもり？」

「ッ！　い、今のは様子見だったのですわ！　次は貴女の手を煩わせる前に私が魔法で殲滅してみせますわ！」

激昂しそうになって何とか自制するクロフィアの真っ赤に染まりかけた表情に、目を細めたケーナは「へえ？」と呟いて彼女に道を譲った。

何故か鼻息荒く満足げに頷いたクロフィアは、今度は慎重にゆっくりと進み始める。

クロフはケーナの横を通り過ぎる時にすまなそうな顔で小さく頭を下げて、妹を補助するために肩を並べた。

『頼リナイ同行者デスネ』

（正直に言いなさいよ）

『足手マトイデスネ』

歯に衣着せないキーの率直な意見に苦笑したケーナは、肩をすくめて二人の背を追った。

尚、ケーナに同行するにあたって取り決めてある事柄に、道中の小部屋などは無視する、という条件がある。

これは後日もしかしたら足を踏み込むであろう冒険者たちの取り分を減らさないためだ。

クロフが宝箱についての情報を持ち帰れば、『招かれる板』を破壊することも減るだろうから。

なので、扉は無視して通路だけをずんずん進む。

時折クロフィアは扉や小部屋を見ては溜息を零していたりする。

ちなみにこの条件は地上にいた冒険者の態度を見たケーナが後付けしたもので、途中で『面倒になった』場合、撤回するかもしれない、とは伝えてある。

クロフィアは呆れていたが、ケーナを知る者ならば『まあ、アイツだしなあ……』という理由で納得しただろう。お人よしが過ぎるのも考え物である。

それほど時間がかからないうちに階段が見つかり、三人は無事に一五階層へ下り立った。

各階層の道順はキーが記憶しているので、ケーナは先頭のクロフィアに方向を間違えた場合のみ注意することにしている。

幸か不幸か、今のところ「余計なお世話ですわ！」なんて言われることにはなっていない。

クロフィアの盗賊としての勘は本物らしい。

後、ここに至るまでにケーナには失念していたことがあった。

リアデイルでのゲームシステムで作られた罠は、基本的に数百円程度の課金で購入する〝仕組み〟である。

その稼動形式は罠で例えるなら、『そのエリアに踏み込んだ者に対して○○という仕組みが作動する』、といったものだ。

これを回避するにはオフラインモードで手に入る【常時技能：直感】か【危険感知】で罠自体を避けるか、わざと作動させてからその脅威自体を避けるかである。

端的に言ってしまうと、作動させるためにいちいち隠しスイッチを押したり踏んだりする必要がないのだ。

なので、この場で一番罠発見＆解除等の盗賊技能に秀でている（と自分では思っているらしい）クロフィアが先頭に立っているのは、全く意味のない自殺行為のようなものだ。

それは投光機に照らされるやたらと真っ直ぐな迷路に、Ｔ字路が現れた時である。

左右に分かれる道はまだいいとして、目の前の壁に不自然なスイッチが張り付いていた。

形状は上下に押して切り替えるオンオフスイッチみたいなモノである。

最後尾のケーナの脳内にはその場所に近付くにつれ、【危険感知】による派手なベルが鳴り響いていた。

失敗だったのは、同じような危機感を前方の二人も感じているだろうと思っていたことである。

もちろんそんな技能（スキル）を持たない二人はそのまま危険エリアに進み、何の前兆もなく天井から外れて落下した分厚い瓦のような石材（三〇センチメートル四方、厚さ二センチメートル）に不意打ちを喰（く）らった。

……先頭のクロフィアが。

クロフィアの頭頂部で途轍もなく痛そうな音が響き、原因となった石材は彼女の体から滑り落ちた。床に落下してダンジョンの奥まで届きそうな騒音がエコーを伴って鳴り響く。

頭部を覆うフルヘルムすら着けていないクロフィアであるが、なんとか意識を保っていた。

筆舌に尽くしがたいダメージに床に突っ伏して頭を抱え、声にならない悲鳴を押し殺してプルプルと震えている。

常人であるならば脳天をカチ割られていてもおかしくない音だったので、慌ててクロフが駆け寄り背を撫（な）でて優しい言葉を掛けたりと介抱する。

石材を拾ったケーナは天井を見上げた。そこにはどこから石材が外れたのか分からぬ、ぴっ

たりとした壁面を持つ天井があるだけである。

「なるほど。このままここにいると第二弾が降ってきそうだね。クロフさん、治療するならもう少し先に行ってください。もたもたしていると次が来ますよ」

「そ、そうですか……」

クロフは妹をお姫様抱っこで抱え上げ、左の通路へと移動する。

ちなみにスイッチはただの浮き彫りで、石材が落下したのはスイッチ二歩手前というところだ。

まずは危険がないか観察してみる、という距離の位置だというところにオプスの意地の悪さが窺(うかが)える。

一六階層では一五階層から続く階段途中の踊り場の落とし穴に、クロフとクロフィアが見事に引っかかった。

階層の中間地点に一〇メートル四方の踊り場があって、そこに足を踏み入れた二人の足元が突然消失したのである。しかも下方に向けて開く扉型の落とし穴でなく、文字通り床が消えるという落とし穴だ。

予兆のない形で飛び退く暇もなく、二人共一瞬の内にケーナの視界より消え失せた。

下からは何だか乾燥した物を「パキパキーッ」と壊したかのような破砕音と共にケーナの腰辺りまで粉塵(ふんじん)が立ちのぼる。

「クロフさん⁉」

ここに来てケーナも、階段に足を向けた頃から鳴り響く脳内危険信号に気付かない二人をオカシイなと思い始めていた。

てっきり防ぐ手立てがあるから、虎穴に突っ込んで行くのかと思っていたのである。

それはそれとして中からは盛大に咳き込む男女の苦しそうな息遣いが聞こえてきた。

ケーナは【風魔法】を駆使して粉塵を集めると、つむじ風で階段の上の方へ追いやる。

もうもうと巻き上がっていた粉塵がなくなって、視界を確保するためにケーナが【付加白色光Lv.1：ライト】を天井へ放った。これが粉塵の原因を浮き彫りにする。

「い、いやあああああああああっっ⁉」

「……うおっ⁉」

「……うっわあー」

直視した上にその中へ嵌まり込んでいるクロフィアが悲鳴を上げる。

クロフもそれが何なのか気付いていて、驚いていた。

上から見ていたケーナも、そのおぞましさに冷や汗を垂らす。

穴の中に落ちた二人が足蹴にしていた物は、白く変質してパサパサに乾いた巨大な環形動物であった。平たく言ってしまえば巨大なミミズである。

一匹が八メートルはありそうな長さで、落ちた者はヌルヌルヌタヌタ風呂に嵌まるという罠が待ち受けていたのだろう。

二〇〇年も経ったソレは、最早カサカサに乾いてちょっとの衝撃で風化する構造物と化していた。落下して踏み抜いたとは言え、未だその多くは原形を保っている。

冒険者といえども生理的嫌悪感のあるモノの粉塵を吸ったという事実から、甲高い悲鳴を上げたクロフィアはあっさり卒倒した。

ケーナはちょっと気色悪いと思う程度だが、率先して下に下りようとは思わない。なので二人の救出は【引き寄せ】を使って引っ張り上げる。

落とし穴の蓋部分は、二人を引き上げると同時にどこからともなく現れて瞬時に口を閉じた。

そうなるともうただの石畳の床が広がるばかりで、どこに落とし穴があったのか繋ぎ目すらも見つからない。

「相変わらず人の嫌悪するところを的確に突いてくるなあ」

「生きていたらと思うとぞっとしますな」

再度踊り場に踏み込んでみるが、今度は床が消失するようなことはなかった。【直感】や【危機感知】は一切反応しない。

どうやら罠にかかった者に精神的ダメージを与えるだけの罠のようだ。

もろにそれを喰らったクロフィアにはご愁傷さまという他ない。

「そろそろ夕方ですね。今日はここで野営しましょう」

ケーナがアイテムボックスから薪(まき)や調理の材料を取り出していると、クロフが執拗(しつよう)に床が抜けないかを確認していた。

「大丈夫ですよ」

「しかし、夜に気が抜けたところで床がなくなる可能性も……」

ケーナの言葉をこの場限りの気休めと捉えたのか、煮え切らない態度のクロフは踊り場に近付いてこない。

「誰かにダメージを与えるという目的は達したので、二回目はありませんよ。二回目は感動が薄くなるとかいう持論を持っている奴の罠ですからね。その点だけは信用できます」

嫌な信用もあったものだが、そこを疑ってしまうとこの先が全く信用できなくなってしまう。

なのでそう思っていた方が、この場合は精神的疲労が少なくて済む。

ケーナが【料理技能(クッキングスキル)】で料理を完成させてから、漸(ようや)くクロフは踊り場に移動してきたのであった。

ただ、クロフィアだけは目覚めてから再び悲鳴を上げていたので、オプスの目論見(もくろみ)は当たったとみていいだろう。

もしオプスがこちらを監視していた場合、ここの罠を二度動かすことはないはずである。

その日は踊り場全体に【遮断結界】を張って、その場で一泊した。クロフィアだけは頑(かたく)なにこの場で寝ることを拒否し、壁と階段の一角を使って寝ていたという。

第五章

発覚と、自己犠牲と、強敵と、ブチ切れと

そして一行は一九階層に辿り着いていた。

一六階層と一七階層は特に罠にひっかかるような事態にならず、普通に通過できた。

出たのはモンスターくらいで、クロフたちでも充分に対処が可能な敵であった。

比較的通路が広く取ってあったので、おそらく罠が仕掛けてあったのは小部屋の中だろうと、ケーナは推測する。

一八階層は結構な数の小鬼型モンスター（ゴブリンやインプなど）とエンカウントするも、クロフたちも危なげなく打ち負かせた。

数が多かったのでケーナが手を出す場面もあり、そのほとんどを簡単な【火魔法】で撃ち落とす。

碌な詠唱もなしに雨あられと火矢をすっ飛ばすケーナに、クロフィアから憎らし気な視線が突き刺さっていた。

クロフが諌めてくれたが、つくづく彼女を怒らせるネタが随所に転がっているらしい。

そして一八階層にも天井落下の罠があり、引っかかったのはまたもやクロフィアである。

せっかく引っ込んだコブの上に更なるコブを作り、クロフィアは涙目になる。泣きっ面に蜂を地で行っている妹から、クロフは強引に先頭を歩く役目を奪っていた。

魔物への対処はクロフたちに任せて、最後尾を歩いているケーナは思い出したことを今のうちに確認しておくことにした。

「クーちゃん、さっきのことなんだけどさ」

「う？」

ケーナの肩の上で機嫌良さそうに鼻歌を歌っていたクーが首を傾げる。

「さっき私の術式に介入して魔法撃ったでしょ。どうやったの、あれ？」

ケーナの問いかけにクーは首を捻って、腰を折り曲げてそれでも足りないのか腕をぐるんぐるん回す。いったい何の踊りなのか、聞いた側のケーナも分からない。

というか、どうやらそれは考えているポーズのようだ。右に左にと体を捻り終わると、胸を張って「頑張った」とだけドヤ顔で主張する。

「いやいや。『頑張った』じゃなくて、何でそんなことができるのって聞いているんだけど」

再度の問いかけにクーは手を口に当てて何かを考えていたが、やがて瞳に大粒の涙を溜めながら「ダメだった？」と聞き返す。

「だ、ダメじゃない。ダメじゃないよ。ありがとねって言いたかったの。問い詰めたかったわけじゃないから、泣かないで、ね？」

さすがに小さい子を虐めているような気分にさせられたケーナは、クーの頭を撫でつつ宥めることに全力を費やした。

これ以上は語彙に乏しいクーに尋ねても正確な情報は得られないと思われる。

やはり問い詰めなければならないのは、最下層に籠もっているあの馬鹿しかいない。

ケーナはこの分も纏めて折檻に加算して、奴にぶつけてやろうと固く誓った。

それはそれとして、問題は階段を下りた先に広がる一九階層の風景である。

べひううううううぅぅぅぅぅぅぅぅぅぅぅ〜〜〜。

白い物が交じった横殴りの強い風が吹きすさぶ目の前の光景に、クロフとクロフィア両名は目を点にして口を開けて呆然となっていた。

ケーナだけは溜息を吐いて「ここでこれかぁ」という感想を呟いている。

上の階とは打って変わって、大自然の厳しさに飲まれる圧倒感が伝わってくる。

三人の目の前に広がる風景は、なだらかな丘陵一面に広がる真っ白い雪と、横殴りの吹雪である。空は薄暗く灰色の折り重なった雲で占められていて、天井らしい天井は影も形も見当たらない。

ケーナたちプレイヤーの常識でいうと、こういったダンジョンの光景はごくごく当たり前のものだ。ダンジョン内部に外のようなフィールドがあることは特に珍しくもない。

空や遠くの方に見える森や山脈などは、壁に映し出された3DCGのようなものである。

実際の広さは一八階層と大して変わりない構造のはずだ。

迷路がなくなっている分、階段が何処にあるのか予測できないのが難しいところだろう。

丘陵になっている様子から多少は天井が高いと思われる。

少し肌寒いものの、凍傷になるくらいの氷結地獄的なフィールドに比べれば遙かにマシな方だ。

「ああああの、けけけけケーナ様。ここ、これは？」

「ん。ごくごく普通の一般的なダンジョン風景。特に珍しくもないでしょ？」

ガタガタ震えるクロフ兄妹に、ケーナはあっけらかんとした顔で答える。

平然としたケーナの表情に「とても珍しいです」と言い返せず、クロフは押し黙った。

二〇〇年前はこんな風景が一般常識です、なんて言われても違和感しかない。

こんな景色ばかりあるダンジョンが蔓延っていたのかと思うと、認識を改めざるを得ない。

ごく稀にその時代の地下建造物等が見つかることがあっても、これと同様の風景が広がっていました、とかいう報告は聞いたことがない。

実際は深く潜れば同様のダンジョンなど幾らでもあるのだが、この時代の冒険者ではレベルが違いすぎて先へ進めないのが現状であったりする。

当の経験者どころか製作者の一人は、もっきゅもっきゅと雪を踏み固めつつ前進して周囲をぐるりと見渡していた。

薄暗くて視界は悪い。丘陵といっても暗い空をバックにしている分、辛うじて白いでこぼこの輪郭を捉えられるくらいだ。

先も言ったがこういったダンジョンの場合、一番面倒なのは下に下りる階段がどこかに埋まっているところだ。

雪も階段内部にぎっちりと詰まっているであろう。

(掘り出すのかあ……。スコップもないからなあ。魔法?)

『探スノニ専門ノ獣ガイルデショウ』

(麒麟引っ張り出すならアクティブモンスターを殲滅してからだねー。でないと死人が出そう)

キーとの軽い雑談を挟みつつ、ケーナは雪原を進み始めた。

かろうじてクロフたちから離れすぎない位置で雪を掘ったりしてみる。

如意棒を雪にドスドスと突き刺してみたりと、こういったダンジョンの常識を知らない者から見れば奇行と捉えられてもおかしくはない。

ケーナの何がしたいのかよく分からない行動をクロフが眺めていると、クロフィアが兄の服をちょいちょいと引っ張った。

「なんだ、どうした?」

「お兄様はあの女とどういう関係なのです？　敬語をつけるだなんて……、何かありますの?」

「ああ、そうか。そうだな、一応は伝えておいた方が良いか、お前が取り返しのつかない無礼を働く前に」

妹の敬愛する女王とケーナの関係をクロフが暴露しようとした時、彼らの背後でドスッと妙な音がした。

最大の警戒をしながらゆっくり二人が振り向くと、ソコには二人を見つめる三対の黒い目があった。

慌てて後ろに跳び、間合いを取った二人はその正体を見てちょっと呆れた。

縦に並んだ丸い胴体に桶帽子を被り、木の枝の腕にグローブが垂れ下がる手。首にはタータンチェックのマフラーが巻かれ、炭をはめ込んだ丸い目と力強い眉毛に人参の鼻を備えている。

誰が見てもまごうことなき雪達磨だった。

それが三体もソコに鎮座していたことに気付いたクロフは、武器を構え直した。

チラリと周囲を確認するとその三体だけではなく、吹雪の向こう側にも似たような影が数体見えている。

いつの間にかすぐ近くまで接近されていたことに愕然とする。幾ら内緒話をしようとしていたとしても、周囲の警戒を怠ったことはないはずだった。

雪達磨、ではなく正式名称は雪悪魔という。適正レベル一〇〇の魔法生物だ。

雪原での行動に特化しており、その範囲内であれば移動するのに一切の制限がかからない。

そのため足音も気配も一切断って獲物を背後から強襲する。スライムのように内部にある核を傷つけない限り倒すことは難しい。

その身は雪で構成されているので、剣を振るっても矢が刺さっても全く怯んだ様子がなかった。

幾らそれなりに腕の立つ剣士と言えど、慣れない雪の上で剣を振ってもまともなダメージを入れたという手ごたえはない。

何せ相手は雪そのものだから、斬っても斬っても吹雪を糧にすぐ回復してしまう。

クロフィアからの援護射撃もサクサク刺さるだけで、これといって怯む様子も見受けられない。

こちらが手詰まりなのに、相手はドスドスと雪上を跳ねながら体当たりを敢行してくる。当たると体の芯に衝撃が来るような重い一撃だ。

一直線の攻撃だから避ければ済むのだが、これもまた慣れない雪に足を取られ一発二発とダメージが蓄積していく。

足がもつれ膝を突き、ふと周囲を確認すると取り囲んでいる雪悪魔の数が増えていた。

それが五体になり七体になり、一〇体を超えた頃になって慣れない雪に足を滑らせたクロフは、体当たりをモロに喰らってゴロゴロ転がった。

すかさず馬乗りになった雪悪魔たちは、じゃれつく犬のようにクロフの上でぽよんぽよん跳ねて彼を雪に沈めていく。

「くっ……」

横を見ればクロフィアも成す術もなく雪悪魔たちに圧し掛かられ、雪原に埋められていた。

体を起こしたくても身動きひとつ取れず無抵抗のまま雪原埋葬の羽目になるかと思われた直後。

【魔法技能(マジックスキル)：炎舞扇射(イア・フレア・ショット)】

赤い射線が何条も吹雪の中を走り、雪悪魔たちを撃ち抜いた。

当たった端から溶かされて胴体や頭部を消失する雪悪魔たち。

無残にも薙(な)ぎ払(はら)われた雪悪魔たちは、悲鳴を上げながら四方八方に逃げ出す。

クロフが体を起こしクロフィアの無事を確認するために駆け寄ると、彼女もなんとか雪だらけになりながら穴の中から身を起こしていた。

ケーナは雪悪魔たちが、ぴょこぴょこ跳ねながら必死に逃げていく様子を見て「逃げられると思うな」と腕を振った。

【召喚魔法(サモンマジック)：load：炎精Lv.7】

「全部溶かせば階段も見つかるでしょ」

ケーナの前面に展開された朱色の魔法陣より、炎の奔流が迸る。

飛び散った炎塊は煮えたぎったマグマの如く。雪原に落下した途端、物凄(ものすご)い水蒸気を上げて穴を穿(うが)つ。

魔法陣からとめどなく溢(あふ)れて周囲に飛び散る炎の塊。

雪が溶けてその下に敷かれた土の層も、ボコボコという音を立てて煮えたぎり蒸発していく。

そして周囲が真っ赤に染まって漸く魔法陣から飛び出して来たのは、肩を怒らせ真っ赤に燃えた巨大なゴリラだ。実にレベル七七〇、二階建ての家くらいある。

ほぼマグマのような炎塊で形成された炎精霊ゴリラは、体のそこかしこから炎を吹き上げている。

絶えず熱波を周囲に撒き散らすため、出現した瞬間から辺りの気温は急上昇。

術者であるケーナには効果はないが、クロフたちには影響が極力及ばないように【炎耐性】の防御魔法を施してある。

クーは平気そうな顔で炎精霊ゴリラの咆哮に合わせて「がおーっ」とか吠えていた。

着地した場所は水蒸気も残さず蒸発させ、床の石材も融解しかけている。

「ゴオオオルウウウウウアアアアアァアァァ!!」

胸をドコドコ叩きながら咆哮すると、炎精霊ゴリラの周囲を数メートル間隔で囲むように火炎リングが広がった。

雪悪魔たちは既に跡形もなく、雪原は既にこの時点でただの石畳の空間となっていた。

炎精霊ゴリラの腕の動きと同調したリングは、腕を大きく振り上げ咆哮した波動を受け取って、赤を通り越して青白いぶっといリングに変化する。

要は高々と振り上げた両腕の周りを、幾重にも青白いフラフープが囲んでいると思えばいい。

上げたら次は振り下ろすしかない。思いっきり振り下ろされた両腕と同じく青白いリングも石畳にめり込んだ。

融解させながら床の構造材ごとブチ抜き、あちこちに入った亀裂から一九階層の床が崩壊した。床の残骸は青白いリングに触れた端から蒸発して消えていく。

ケーナは【障壁】を自分たちの周囲に張り巡らせ、クロフたちと共に床の崩壊に巻き込まれていく。【障壁】という場に【浮遊】をかけてあるので、落下はゆっくりだ。

炎の残滓が今も空間内に満ちているので、バラバラに散った構造材の欠片も空中で泡立ち溶解していく。

炎精霊ゴリラは役目を果たしたので、落ちていく最中に存在を薄れさせて消えていった。

結果的に両腕の一振りは二階層分の構造を容赦なく消滅させ、三人は二一階の通路へと下り立った。未だに上からは溶けた石材の雫が、雨漏りの天井のように絶え間なく落ちてきている。

「あららー、ちと威力が強すぎたみたいね」

「「…………………」」

クロフとクロフィアはあまりの惨状に、ぶち抜いた天井を見上げて絶句していた。

召喚精霊のレベルの高さまでは分かっていないみたいだが、あれだけの威圧感を備えた相手が高位の精霊だとはさすがに理解できたようだ。

その一撃がもたらした結果は、二階層分の床ぶち抜きである。材質も硬度もよく分かっていないダンジョンの床面をいとも簡単に破壊する存在が、その辺に転がっているとは思えない。

炎精霊ゴリラは本来は雪原を溶かすためだけに喚んだのだが、どうやら久しぶりに喚び出されたことに歓喜した精霊が力を込めすぎたらしい。

改めて『女王の伯母（おば）』であるケーナの規格外さにクロフも戸惑いを隠せない。

あれが本気で妹に向けられなくてよかった、と一人安堵（あんど）する。

その当事者の妹ことクロフィアはというと、腰を抜かしてへたり込んでいた。あれが自分に向けられたらという想像が、クロフィアに恐怖を与えている。

そこへ歩み寄ってきたクロフは、手を出して妹を引っ張り上げた。

「ホラ、摑（つか）まれ」

「え、……ええ、ありがとうお兄様……」

「んじゃ、どんどこ先に進みますかねー」

まだまだ残る余波で、ダンジョン内の空気が暑い。

そんなのは些細（ささい）なことだとでもいうように、ケーナはテクテクと進み始める。

クロフは妹の手を引きのろのろとその後に続く。

呆然といった体で歩いていたクロフィアが、そういえば先程の会話が途中でぶつ切りになっていたのを思い出した。

兄に話の続きを求めると、語られた事柄はクロフィアの世界観を足元から崩すのに充分な衝撃であった。

「…………え？」

「女王サハラシェード様の伯母上だ、ケーナ様はな」

「……………え？」

クロフィアは兄に手を引かれながら今までの自分の所業を思い出し、頭の中が真っ白になった。

そして二二階層にさしかかる。

無言で俯いたままのクロフィアを引っ張りながらクロフは進む。

目の前には先導するケーナがいた。

二一階層は時折注意を飛ばすケーナの忠告に従い、壁際を歩いたり、なんでもない道を飛び越えたりして誰も罠に掛からないで済んだ。

先頭を歩いているケーナは後ろからの強気な発言が途絶えたことに眉をひそめていたが、クロフからサハラシェードとの関係をバラしたと聞いて納得した。

まあ、その件は後でどうにかするとして、問題はこの階である。

階段を下りた三人の前に広がるのは真っ暗な空間と、ず――――っと先の方にぼんやりと光るこの階の終点と思われる場所。

試しに【ライト】の魔法を放ってみたのだが、ケーナの手を離れた瞬間に光球は消えてしまった。

「魔法無効化領域（アンチマジックエリア）か⁉」

何故（なぜ）か投光機のマジックアイテムも、この階に下りた直後から光量が激減している。

そこから思い当たった現象の心当たりにケーナはやや焦った表情になった。後ろ二人のサポートに取れる手段が激減するからだ。

「ケーナ様、そのアンチなんとかというのは？」

「魔法無効化領域（アンチマジックエリア）ね。たぶんこの階層全体は魔法が一切使えないのよ」

「魔法が使えない⁉」

驚いたクロフたちも手を上にかざして何かを試している。その表情が徐々に驚愕（きょうがく）に染まっていくのを見る限り、筆舌にし難い衝撃を味わっているようだ。

「こ、こんなことを起こすことができるのですか……？」

「特に珍しくないと思うけど……。あっそうか、今の世界じゃこういうのもあんまりないのか！」

「え、ええ。魔法の使えない場所なんて謁見（えっけん）の間くらいなものですよ」

「そういうところって魔法が使えないんじゃなくて、許可なく魔法を使ったら牢屋（ろうや）にぶち込まれるから使わないいんじゃないの？」

「それはまあ、否定はしませんね」

「うえっ」

嫌な話を返されたケーナの表情に苦いものが浮かぶ。

こんな空間でも問題なく飛べているクーに疑問を感じるが、妖精の使う魔法はまた違うものなんじゃないかと気にしないことにした。

そして真正面にある遠くの光源に向けて目を凝らす。多種多様なスキルの恩恵で、ケーナの目には暗闇の中、一直線に伸びる道が見えていた。

「やっぱりか。オプスのことだから、真っ暗なトコで一本道を走破しろってんだろーけど」

如意棒をにょっきり伸ばして暗闇の中の床部分をカコカコ突いてみる。

思った通り真っ直ぐに伸びる一本道らしき部分以外は空洞になっていた。足を滑らせたら、行き着く先は次の階層か、ただの奈落か。

後ろにいる二人にそこら辺の注意事項を聞かせておく。こればっかりは挑戦する人の【運】や【身体能力】に任せるしかない。

こんなイベント満載、フラグ満載の部屋なんてとっととおさらばしようと、ケーナは一歩を踏み出した。

と同時に【直感】で感じた危機感に頭を下げる。

間髪入れずに右側の暗闇から微（かす）かな射出音がし、ケーナの頭があった場所を銀光が通り過ぎる。通り過ぎた銀光は左側の暗闇に消えていき……。

「って殺す気っ「ドッカ――――――ンッ!!」……」

ケーナが文句を言うよりも早く、飛んできた銀光が消えていった左側の暗闇が大爆発し、熱波と衝撃波をまき散らす。

後ろから見ていたクロフたちにはやたらとぶっとい矢に見えた物は、どうやらとんでもない爆発物だったようだ。

衝撃と熱風と幾らか削られた壁の石材の破片なんかも飛んで来た。

【平衡感覚】のスキルとキーの障壁でこれを防いだケーナも、唖然（あぜん）としている。

クロフとクロフィアも、飛来物のあまりの殺傷力に顔を引きつらせていた。

「ちょっ……」

「な、なんですか、これ……」

「ああああんのぉぉぉぉ、クソオプスゥゥゥ！　爆裂弾（ミサイル）なんか仕込んじゃって何してんのっ！」

その名の通り爆裂弾（ミサイル）。ファンタジーRPGにあるまじきアイテムである。

円筒形の矢状態を爆裂弾（ミサイル）と呼称し。

丸型の投擲（とうてき）して扱う物を爆裂玉（パイナップル）と呼称する。

技能（スキル）自体は中堅レベルくらいでないと手に入れられないクエストだが、威力が作製者の現在レベル五分の一をダメージに加算するところが脅威だ。

オプスやケーナのレベルでこれを作れば、レベル二〇〇以下のプレイヤーなどひとたまりもない。

利点は使用制限レベルが低いことだ。初心者でも安易に敵を倒せるアイテムの一つである。

もちろん、限界突破者が作る爆裂玉(バイナップル)は、競売などで目玉商品として扱われていた。

ソレが横から、何の躊躇(ちゅうちょ)もなく飛んできたのである。

作製者がアレなので、クロフたちが直撃を喰らえば間違いなく消し飛ぶ。

その場でくるりと兄妹を振り返ったケーナは、視線にビクつく妹を軽くスルー。

ニッコリとイイ笑顔を浮かべてこの場の最善策を提示した。

「死ぬ気で走れえええええっ!!」

「「は、はいいいぃっ!」」

尚(なお)、通り過ぎた後で判明したのだが、致死性の攻撃は最初の一発だけであったらしい。

確かにこんな恐ろしい攻撃が初回にぶっ放されれば、誰もが危機感を抱くだろう。

みすみす元凶の計略に引っかかったと解釈したケーナは、溜息を吐いて脱力した。

突き当たりの階段を下りればそこは二三階だ。

そこは魔法無効化領域(アンチマジックエリア)ではなかった。

しかしまた致死系統の罠があると厄介なので、ケーナは先に行って調査すると主張した。

「そ、それでしたら私が偵察を請け負いますわ！」

「はい却下」

いきなりトゲが取れたクロフィアの発言に眉をひそめながら、ケーナはそれをにべもなく断った。

「何故ですか⁉」

「話を聞いていた？　さっきみたいな爆裂弾（ミサイル）や炸裂板（マイン）があったら危ないからだよ」

「私の腕をもってすれば、そのような罠など……」

「クロフィア、さっきからそう言いつつ罠にかかりまくっている自分たちでは説得力がないよ。ここは下がりな」

「……お兄様」

「下がれ、と言っているんだよ」

「……は、い」

納得いかないのか、なおも噛（か）み付（つ）こうとしたクロフィアを、クロフが強い口調で諫める。

「すみませんケーナ様。自分たちが足枷（あしかせ）になっているようで申し訳ない」

「うん。そこはもうしょうがないけど。逆にここから二人で戻らせるのも不安だし。まあ、勉強だと思ってくれればいいんじゃないかな」

「お手数を掛けさせてしまって……」

「そこはいいんだけどね。じゃあ、ちょっと先を偵察してくるからここで少し待っていて」

「分かりました」

「……」

階段の下の通路の一角にケーナが【遮断結界】を張り、一時的に休息所を作る。

ケーナがこの階層の奥に進んでしまうと、ここにはクロフ兄妹しかいない。

二人とも壁に背を預け、上の階層で全力疾走をしたおかげで辛くなった呼吸を整えている最中である。いい加減落ち着いてきたところで、沈んだままのクロフィアが口を開いた。

「……ど、どうしたら、良いと思いますか、お兄様……」

「ケーナ様のことか？」

「……はい」

クロフィアは思いつめたように萎れている。

真実を語ってしまったのはクロフだが、実際のところソレほど気に病む必要もないのではないかと思っていた。

彼がケーナに持っている印象は権力には係わりたくないところと、やたらと気さくなところと強者なところだ。強すぎる人間は普通、他者を見下す傾向が強くなるのだが、彼女に限ってそれはない。

普通「他国の影です」なんて告白を聞いてしまえば、警戒するか遠ざけるかするものだ。

それを全く気にしない上に、真っ向から嫌味しか言っていない妹も含めて友人関係を打診してくるくらいのお人よしだ。

今までクロフが出会った者の中では一番変わっている人物といえるだろう。

そして今なら女王が言っていた『機嫌を損ねるな』などの言い分も理解できる。

姿を見ただけで震えが来るほどの召喚獣を何の代償もなく喚び出し、使役することなど、見たことも聞いたこともないからだ。

それでも「ちょっとやりすぎた」発言から察するに、あの二階層を蒸発させたのが全力ではないと思われる。

そんな強者が、明らかにケーナより劣るクロフたちのダンジョンへの同行を許可してくれたというのに、裏を意識せずに了承した時はチャンスかとも思っていた。

そして既にお荷物になってしまっている現状で、邪険にせず自分たちを守ってくれているところには罪悪感しか感じない。

任務とは言えあの時「付いていきたい」と言った自分をぶん殴ってやりたい。クロフィアのことは言えないがクロフは別の意味で後悔しまくっていた。

「二人揃(そろ)って頭を下げる以外、選択肢はないだろう」

「ど、どうしてお兄様まで頭を下げる必要があるのですか？　悪いのは私だけではありませんか！」

「自分が未熟なせいでケーナ様に多大な迷惑を掛けている。理由はそれだけだ」

「あのー？」

「お兄様がそんな未熟だなんてことが、あるわけがないではありませんか！」

「ええと？」

「ならお前はケーナ様の力量と我らの力を比較してどう思う？　足手纏いだとは思わないか」

「ええ、まあ、それは……」

「ちょっとよろしいですかあっ!!」

「「なんなんだ（ですか）さっきかr……!?」」

背後から大きな声を掛けられた二人は驚いて振り向き、そこにいた場違いな存在に二度驚かされることになる。

「道の真ん中を塞がれると通れないんですよ」

クロフたちがいたのは壁際なのだが、話しているうちに熱がこもった二人は通路を塞いでいたらしい。

そこには悪戯っぽく微笑むエルフ族の美女がいた。

美しく透き通るような黒髪に藍の瞳。髪は背中が隠れるほどに伸ばし、左手には紙袋を大事そうに抱えていた。

同性から見て嫉妬してしまうほど細くグラマラスなプロポーション。纏っているのはここがダンジョンの中なのか首を傾げるほどに場違いなメイド服である。

正直に言って違和感ありまくりな光景だ。

ここはクロフたちですら相手によっては死を覚悟するような敵が出没するダンジョンだ。

家事を生業とするメイドが、のんびりと買い物に出かけるような場所ではない。

少し引っかかりを覚えるのは、そのメイドが結界内部にいることである。

ケーナが張り巡らせた、悪意あるものは通さない【結界】。そこに何の支障もなく足を踏み入れられるそのことこそが、彼女が無害な存在だという証明である。

「失礼致しました。ではごきげんよう」

紙袋を手に持ったそのエルフメイドは呆然としている二人に礼儀正しく一礼して、ダンジョンの奥深くへ消えていった。

「どうしたの二人とも？　幽霊でも見たような顔をして……」

硬直したまま見送った二人は、メイドが消えた道とは違う方向から戻ってきたケーナを見るなり脱力して突っ伏した。

「ちょっ、何その反応！　傷付くなあ……」

「……いえ。今、ちょっとなにやら幻覚を見たような……」

「お兄様、二人揃って同じ物を見たのですよ。……これは白昼夢ですわ！」

「そうかもしれないな！」

眉間(みけん)を揉(も)み解(ほぐ)したクロフが何処(いずこ)とも知れぬ方角を見て呟くと、兄の腕に縋(すが)りついたクロフィアがおかしなことを口走る。

「……なにごと？」

何が起きたか分からないが、ケーナは二人揃って錯乱しているのだと理解した。


そして更に下の二四階層を進みながら、二人から事情を聴く。

「黒髪エルフメイドが通り過ぎていったぁ？」

「……はあ、そうですね」

三人が話しながら固まって歩いていた。

いや、クーも入れれば四人とも言えるが。彼女は定位置のケーナの肩の上。会話に加わるどころか、話の内容さえ理解しているのかも怪しいところだ。

ケーナの隣にクロフ、その後ろにクロフィアが続いている。

話の内容は先程二人が遭遇したという不審人物についてだ。

しかしクロフィアだけは一切口を挟まないで、おどおどと小動物のように後を付いて来るだけ。

ケーナから見ればコッチの方が遙(はる)かに不審人物である。

それはそれとしてこの場所で黒髪エルフメイドと聞けば、ケーナには心当たりのある該当者が一人だけいた。

「サイレンだなぁ、それはやっぱり……」

「ケーナ様のお知り合いでしょうか？」

「ああ、うん。一応……。ここに閉じ籠もっていると言った友人の専属のメイドだよ。サイレンがいるってことは、やっぱりダンジョンにいるんだなあ、あいつ」

二人が遭遇した状況から、どうやら定期的に外へ買い物をしに出ていると思われる。

メイドに三〇階を往復させるくらいなら自分が動けと文句をつけたいが、その当人はそれなりに他人をうまく使いたがる人物であるから、言っても無駄かとその場で諦めた。

それにダンジョンの制作者であるオプスならば、敵に襲われない上に罠にもかからないような許可証くらいは渡しているに違いない。

サイレンはケーナ並みに長い時間プレイしているオプスが、一人しか稼動させていない召喚メイドである。

「世の男性共が幻想を描いている彼女に相応しいであろう？」とキャラ設計をしただけに、その容姿はギルドの男性陣に好評であった。

性格は男の夢をこれでもかと体現しているように、おしとやかで物腰が柔らかく母性に満ち溢れている。「こんな人にお世話されてみたい！」を形にしたような召喚メイドだ。

「ところで、サイレンはまあどうでもいいんだけど」

「どうでもいいんですか……。明らかに普通じゃありませんでしたが」

「あんなんでも召喚メイドだしねー、前衛職だから私とガチンコ勝負できる猛者だよ」

「……分かりました。どうでもいいです」

幾ら召喚者の半分のレベルがあるといっても、前衛職の五五〇レベルというのは中々に強敵である。

後衛職特化のケーナにとっては、接近戦に持ち込まれるといい勝負になってしまうほどだ。

そうとは知らないクロフは、ケーナ並みに実力のある人物と誤解して、これ以上係わり合いにならないことにした。

サイレンをどうでもいいものとしたケーナは、足を止めて振り返るとクロフィアに視線を移す。

その視線を受けてビクリと震えたクロフィアは、まるで死刑を宣告されてからそれを当然のように受け入れる死刑囚みたいに固まってしまった。

「あー、ところで妹ちゃんも何か言ってよ。キミならこの場合『何だってそんな物騒な知り合いを野放しにしておくんですの!?』とか噛み付いてくるでしょう？」

「いえ、……ええと……」

目を合わせないように顔を俯かせたクロフィアは、しどろもどろに言葉を探す。

そんな妹を遮るように二人の間にクロフが割って入った。

「申し訳ありませんケーナ様！　これは全て自分の不心得の致すところであります！」

「なんで横からクロフさんが謝るの？　つか賄賂を受け取った政治家の秘書かっ⁉」

「いいえ、お兄様は決して悪くなどありませんわ！　ケーナ様！　私の命で済むのなら喜んで差し出しますから、お兄様だけはお助けくださいっ！」

「だから話が見えないと言うのに。それより私は生贄を弄ぶ悪の大魔王かいっ！　っていきなり敬語⁉」

「いいえ、妹だけはどうか！　どうかお許しください！　自分は今生の残りの命をケーナ様のために使う所存でありますから！」

「今度は奴隷宣言ってどんだけ鬼畜扱いされてんのよ私⁉」

「それでしたら私が売り飛ばされても構いませんっ！」

「クロフィアは口を挟むな！　これは自分の問題だ」

「お兄様こそ、私の罪を被らないでくれますか！」

途中から兄妹喧嘩のような状況へと変わり、ケーナが置いてけぼりにされる。

クーが首を傾げながら「喧嘩？　なんで？」と呟き、ケーナの肩からふわりと飛び上がった。

何だか主旨が責任の奪い合いに移行する、ぎゃいぎゃい喧しい口喧嘩。

ケーナは二人を見て溜息を吐くと、ぱちんと指を鳴らした。すると天井から拳が伸びてきて、二人の頭を強襲する。

別にケーナがこのダンジョンの操作方法を思い出したわけではない。短縮呪文(ショートカットキー)に登録してある内の一つ、周囲の物質を利用して操作する喧嘩仲裁用魔法である。こんなもんを登録するに至るほど、ギルド内で諍(いさか)いが多かった時期があったのだ。

クロフはいいとしてもクロフィアにとってはこのダンジョンで三回目の衝撃である。目に涙を浮かべ、しゃがみ込んだまま悶絶(もんぜつ)していた。

「ケ、……ケーナ様……」

「とりあえず二人が仲良し兄妹だということは分かったから。クロフさんが何をしてこうなったかを、話してちょうだい」

「は、はい……」

明らかに憤慨しているケーナは腕を組んで、痛みに耐えている二人を睨(にら)みつける。

ビビッて身を竦(すく)ませるクロフ。クロフィアに至っては罪悪感でもう半泣きに近い。

ケーナはどうしたものかと思い、睨むのを止めて苦い顔で溜息しか出ないのであった。

かくかくしかじかと、クロフィアがケーナ様に対する今までの無作法を気に病んで反省してると言われれば、親にこっぴどく怒られたような感じなんだなと思ったケーナは渋い顔になる。

「まあ、確かにサハラシェードは妹（分）の娘だから私の姪(めい)っ子(こ)に当たるけれど、だからと言って私に逆らうイコール女王に刃向かう、とはぜんぜん違うからね」

その妹分すらゲーム内での先輩後輩でしかなく、血の繋がりなど全くないのである。さすがにそこまで説明するのはケーナにとっても至難の業だ。

「今の私はただの冒険者で、国を治めている地位のある立場とはまた別物なのよね。つまりは今までのように憎まれ口を叩くとか、暴言を吐くとかしても全く問題ないんだよ。だいたい私が姪っ子の権力を笠(かさ)に着て、私利私欲を満たすような愚かな人物に見えました？」

「……えっと、見え、ません」

おどおどしっぱなしのクロフィアに怖がられているのが、ケーナとしては悲しい。前のように憎まれ口を叩いてくれていた方が、まだ会話ができていた。

「何か欲しい物があればちゃんと自分で稼いだお金を使いますし、ウチの家族に手を出す者がいれば、追い詰めて拘束してそんな考えに至ったことを後悔するまでイジメてやります。妹ちゃんの発言に気に入らないトコロがあったならその場で報復をしていますよ。それに結構妹ちゃんの態度は気に入ってたりするんだけど。今のところ私にそんなずけずけモノを言う人はほとんどいないから。あっ、だからってそういう趣味の人ではないからね？　そんなんでも怒る時は怒るけど。確かに私はハイエルフで一般的にエルフの王族と言われてはいるけれども、不敬罪で訴えられたり罪に問われたりすることは絶対にないね。現に妹ちゃんだってクロフからもサハラシェードからも何も言われてないんでしょ？」

「は、はい」

ちょっと目に生気が戻ってきて、口調も少し元に戻ってきたようだ。

少しは心を許してくれたということなのかなと、ケーナは安堵した。

「妹ちゃんは今までと同じように私を罵っても、大丈夫だってことよ。それはサハラシェードも承知しているだろうと思うし。もしそれで妹ちゃんを罰するようなことがあったら、私がサハラシェードを怒るからさ。だから安心するといいと思うよ」

「おしり、ぺんぺん？」

「うんそうだね。お尻ぺんぺんだね」

口を挟んだクーに言い聞かせるように、サハラシェードへの罰を決定する。

一介の冒険者が女王にそんなことを敢行すれば、やるやらない以前に国家反逆罪になりそうな案件だ。実行されないのを願うばかりである。

「ケーナ様、そういったことはあまり口に出されない方がよろしいかと存じます」

「うーん。国に捕まっちゃうようなことだったかな？　それなら人のいないところで言うようにしておくよ」

「いえ、誰が聞いているか分かりませんから、人がいなくても言わないでください！」

「分かった分かったから、クロフさんも怒らないでよ」

どーどーとクロフを宥め、なんとなく思いつめているような表情のクロフィアを見る。

頭を撫でようと手を伸ばすと、慌ててケーナの手の届かないところへバックステップした。

「……逃げられちゃった」

「あ、はっ、い、いえっ。これは逃げたわけじゃなくて……」

「前のように遠慮のない態度に戻るのは無理そう？」

「は、はい……。申し訳ありません、ケーナ様……」

借りてきた猫のように大人しいクロフィアというのも、ケーナにとってはそれなりにショックだ。

懐かない野良猫のようなクロフィアを気に入っていただけに、残念に思ってしまう。

「しょうがないね。そのうち以前のような関係に……、はならないかもしれないけど。ある程度慣れるように偶にこっちの国に来るようにするか」

『マズ、ソノ前ニ、女王ノ耳ニ入リソウデスケド』

（気分が下降するような未来を言い当てないで。目に見えるようだから……）

すかさずキーから突っ込まれて、ケーナはげんなりとした。

「その時はぜひお知らせください。宿として使えるように部屋を準備しておきます」

クロフが執事みたいなことを言いだしたので、つい笑ってしまう。

クロフ宅に滞在しようとすると、今の状態ではクロフィアが何かの用事にかこつけて、どこかへ逃げてしまいそうだ。予告なしで突然訪ねていった方がいいだろう。

ケーナは次にオウタロクエスへ来る時には、もう少し計画を練った方がいいと思った。

「クーも、クーも一緒」

「クーちゃんは私から離れないでしょーが」

「ルカも、ルカも一緒」

「ルカも？　そうね、またみんなで旅行もいいかもね」

くいくいと髪を引っ張るクーにそう約束すると、彼女は凄く喜んでケーナの周りをぴゅんぴゅん飛び回った。前回は一緒だったとはいえ姿が見えていなかったのだ。存在があるのとないのとでは旅行もまた違ったものになるだろう。


二五階層目。

問題の馬鹿がいるところまでもう少しというところだ。

同行者もいることだしダンジョン内で野営をする。これで内部に滞在するのは四日目だ。

光源を囲んでケーナが作った肉と野菜のパイを三人で食べる。

クーだけがミニトマトのようなルシュの実を齧（かじ）っていた。自分の頭くらいの大きさではあるが、これ一つでクー的には二〜三日持つようだ。妖精の生態は謎に満ちている。

「もういい加減床ぶち抜くかなあ？」

【料理技能（クッキングスキル）】で作られたパイに舌鼓を打っていたクロフたちは、ボソッととんでもないことを呟いたケーナにギョッとして顔を向けた。

床をぶち抜くイコール、あの炎の巨獣が再びダンジョンを蹂躙（じゅうりん）するのかと思ったからだ。

「あ、あのう、ケ、ケーナ……様？　またあのアレを？」

「固い。固いよ、妹ちゃん」

おずおずと切り出したクロフィアの態度にげんなりする。

一度こちらの立場を明確にしてしまったために、クロフィアは下手に出る態度を改める気はないらしい。

「女王を敬愛する態度はもはや崇拝（すうはい）の域ですから」とは兄クロフの談である。逆にバラしたクロフを張っ倒そうかと思ったくらいだ。

そこまでやってしまうと八つ当たりも甚だしいので、止めておいた。

キーにも『コウイウモノハ時間ガ解決スルモノデス。長イ目デ見テオキマショウ』と諭されてしまった。とはいえ、罵声を浴びせられていた数時間前がとてつもなく昔のように思える。

こうなるとケーナを普通に扱ってくれそうなのは、エーリネやアービタ、シャイニングセイバーやコーラルにクオルケとエクシズくらいなものだろう。

他にも頭の痛い事態に直面している最中だ。

背後に続く通路の途中に床から看板が生えていて、そこには『二八階層直通通路』と書いてあるのだ。

近付くと脳内に警報が鳴り響くので、通路そのものが罠なのか、看板に触れたりするのがスイッチなのか判別がつかない。

辿り着く先に危険があるかどうかも全く分からない。

待っているであろう何かを想定すれば、ケーナが先行したほうが確実なのだが。

この階層に二人を残していくと、モンスターにおいしく食べられてしまう未来が垣間見えるので、判断に迷っていた。

この場合、召喚獣を喚び出して罠にかかってもらう方が効率的だろうという結論を出す。

しかし、喚び出すモノによってはある程度召喚主から離れると制御を失って野生に戻ったりするので、選出には注意が必要だ。

高レベルモンスターが突発的中ボスになるのは願い下げである。

脳内で幾つかの候補を選出し、状況に応じて自律行動できそうな召喚獣をキーに相談して決定する。

【召喚魔法(サモンマジック)：load：スキッドジャック】

床に展開した碧(あお)い魔法陣からずむーっとせり上がって来たのは、一〇本足で体をしっかり支えた直立する烏賊(イカ)である。

大きさは天井につっかえて、頭頂部のヒレがへにゃりと曲がる高さ五メートル。体躯(たいく)は青水晶のように透き通ってキラキラ輝いていた。これが生物でなければ、精巧な芸術品のような錯覚すら覚える。

色々と特殊能力を所持している特殊戦専用召喚獣で、その行動範囲は水中だけとは限らない。

その見た目に感嘆して目を奪われている同行者二人を尻目に、ケーナは烏賊へ指示を飛ばす。

「そこの罠に突っ込んで下層に下りなさい。下りた先で待機して敵対するものがいたら排除で……」

「それでしたら今までの非礼のお詫びで私が参りますわっ！」

「「…………え？」」

ケーナの指示を断ち切るかのように、いきなり手をズビシと上げたクロフィアが立候補する。

その勢いのまま看板がある通路に飛び込んでいく。

あまりにも唐突すぎてクロフは元より、召喚獣に目を向けていたケーナですらも反応できない。

クロフィアの手が看板に軽く触れると、「カチッ」と音がして看板の生えた通路が輪切りにされた。

まるでバームクーヘンを真ん中辺りで切って取り出すように、通路そのものが横にスライドする。

そして通路の横からせり出した、新しい看板なしの通路がソコに嵌まる。

リボルバーの弾装が回って新たな弾が装填されるようなものだと思えば良い。

「ちょっ⁉」

「クロフィアッ！」

慌てて二人が手を伸ばすも、クロフィアの姿は壁の向こう側に消えた後だった。

通路ごと横にスライドされたクロフィアは、壁を隔てた隣の通路を見て仰天した。

背後には先の見えない下り坂。そして正面には、三方から光に照らされて、人の三倍はあろうかという直径を持つ鋼の玉が鎮座していた。

横にスライドされた通路自体はその場で解体されて壁に埋め込まれる。

残った看板は辛うじて転がり落ちる寸前の鋼の玉を支えていた。

この先に待つ、我が身を襲う分かりきった未来にドッと冷や汗が出る。

そうだ、これは罰なのだ。いと尊き高き血縁に刃向かった罰。

だからといって死ぬわけにはいかない。まだこんなもので許されるわけじゃないと、そう心に思い込ませようとするのだが怖いものは怖い。

一歩、二歩と後退するクロフィアの目前で、最後の砦（とりで）になっていた看板が無情にもパタリと倒れた。口から小さく悲鳴が漏れるが、震えて座して死を待つだなんて、彼女の矜持（きょうじ）が許さない。

重力に従い、見た目からも窺（うかが）える超重量の轢殺（れきさつ）死体製造機が「ゴロ……ゴロ……」と回転を始める。それを見たクロフィアが取る手は一つだった。

プライドも何もかもかなぐり捨てて生存本能を優先させる。これ以外に取れる選択肢なんてないはずだ。

「いいいぃいぃいぃやあああぁぁぁぁぁぁぁぁぁぁっ!?!?」

覚悟を決めたとしても、本能的な恐怖に従って口から変な悲鳴が漏れていた。それすらも自覚がないまま急な下り坂を爆走していく。この時彼女の走りは間違いなく輝いていた。

壁の向こう側にいた二人には、左斜め下へ向ってドップラー効果を伴って小さく消えていくクロフィアの悲鳴と、その後を追うように何か巨大な物が転がっていく音が聞こえていた。これも悲鳴を追いかけるかのように小さくなっていく。

「……思いつめるにしても状況くらい考えなさいよっ！」

「そんなことを言ってる場合ではありませんケーナ様！　クロフィアが！　妹がっ！」

頭を掻き毟ったかと思うと、クロフは半狂乱になって手持ちの剣を壁に打ち付ける。金属音が響いて火花が散るが、さすがに人の手でダンジョンの壁を抜くのは不可能に近い。

自分から飛び込んだとはいえ、クロフィアを見捨てるという選択肢はケーナの主義に反する。

彼女は待機状態のまま傍に控えていた烏賊に命令を下す。

「直下掘りよ、遠慮なしでやっちゃいなさい！　それで今の子を追って助けなさい！」

「シュルルルゥゥ!!」

息吹にも似た返答の鳴き声と共に一〇本の足が器用にとぐろを巻き、広げて組み直す。

足のクリスタルのような輝きが碧から翠へ色を変え、性質が変化する。

途端に烏賊が接地している部分から物凄い煙と、目の痛くなるような刺激臭が立ち昇った。

同時に召喚獣が徐々にその場に沈んでいく。

自身を濃硫酸溶液に変質させて、床を溶かしていっているのだ。

みるみるうちに直径二メートルくらいの穴が開き、床を貫通して烏賊がストンと落下する。

その穴からは、更に下の二六階層の床を溶かしにかかっている烏賊が見えた。

ケーナは続いて飛び込もうとしたクロフの襟首を摑んで止めた。

「なんで止めるんですかケーナ様⁉」

「ちょっと貫通するまで待ちなさいって。あれに触れたらクロフさんまでドロドロになってしまいますよ！」

「えええっ⁉」

とは言ったものの、同じような行動に出たいのはケーナも一緒だ。

二五階層の状況を見るに、烏賊が二階層分の床を溶かすまで大して時間もかからないだろう。

ケーナは目を押さえて服の中に飛び込んできたクーを保護し、眼下で烏賊が床を抜くのを今か今かと待っていた。


二八階層目。

クロフィアの駆け下りる坂は途中からプールにあるようなウォータースライダーのような形に変化し、道も下り坂から直下型螺旋（らせん）の管状の中を滑り落ちるという物に変わっていた。

死を感じさせる鋼の玉はというと、通路が管状になった所で停止し、元来た道を上っていく。今までクロフィアを轢殺しようと転がっていたのは何だったのかというほどの潔さだ。鋼の玉に高潔さが宿っているかどうかは分からないが。

滑っていったクロフィアはポイッと二八階層のだだっ広い空中に放り出され、数メートル落下して水の中へ落ちた。

「ふぎゃっ⁉」

但し、深さが十数センチメートルもない浅いところだったので、しこたま体を打ちつける。

痛みに耐えて体を起こしたクロフィアが周囲を見渡してみると、人工的で無機質なダンジョンとは違う天然の鍾乳洞がそこに広がっていた。

天井は今までの階層の数倍以上の高さにあり、沢山の鍾乳石がツララのように下がっていた。

乳白色に輝く鍾乳石が、周囲の光を増幅して第三の光源を作り出しているのだ。ここの光源は仄かに光る水面と空中に瞬く燐光で、昼間のような明るさがある。

実のところ、このエリアも人工的に作られたものだが、二〇〇年の間に僅かな隙間から落ちてきた水滴によって侵食されていたようだ。

巨大なドーム状の空間と、上下からふんだんに溢れる光。幻想的な風景を前にクロフィアは感嘆すると同時に、自身の命が無事だったことに奇跡を感じた。

だが、安堵の溜息を吐いたクロフィアの周囲の水面が、唐突にざわめく。

前触れも何もなしに浅い湖底から、がっしりとした体躯を持つ異形(いぎょう)が幾つも起き上がった。

「……え？　何？」

何か潜んでいたにしても、精々カブトガニくらいしかいそうにない深さだった。

それなのに人型の物体が幾つも起き上がってきた、ということにクロフィアは驚愕する。痛む体に鞭(むち)を打って立ち上がるも、既に周囲を囲まれていた。

湖底から起き上がって来たモノは、深い緑色の鱗(うろこ)で覆われた体躯を持つ二足歩行トカゲ。俗にいうリザードマンである。

この階層は湖底の底に『招かれる板(まものがポン)』が設置されていて、人の侵入と同時に作動するようにセットされている。最初から敵が待ち構えていないのはそういうわけだ。

水面が輝いている仕掛けも『招かれる板』を発見されないためである。

身長は二メートルを越え、槍(やり)や剣などで武装したリザードマンが三〇体以上。とても一人でさばききれるものではない。

それらが一斉に顔を上げ、クロフィアを縦に裂けた瞳孔(どうこう)で見つめる。獲物と見られたクロフィアから「ヒッ！」という悲鳴が零(こぼ)れる。

一難去ってまた一難。リザードマンは蛇のように赤く長い舌をチロチロ出しながら、ザバザバと水を掻き分けて巣に紛れ込んだ哀れな猫人族(エモノ)に迫る。

慌てて逃走しようとするも、周囲は囲まれて地の利は向こうにある。四方八方から伸ばされる手に逃げ道を封じられ、数歩も動かぬうちにあっさり捕らえられてしまった。

リザードマンたちはクロフィアの両腕を掴んでぶら下げると、顔を近付けて舌で味見をするように顔をなぶる。吐きつけられる息が生魚臭い。

「シャー」

「シェシェシェッ」

数体で獲物についての相談が交わされ、クロフィアの喉元や腹に剣や槍が突き付けられる。

これがケーナ様に暴言を吐いた罰なのかな、とクロフィアが諦めようとした時である。天井をぶち抜いて碧くて長い輝石が落下してきた。

漸く三階層分の床を溶かしたスキッドジャックだ。

スキッドジャックはクロフィアを捕らえていたリザードマンのすぐ横に着水し、するりと伸ばした触腕を巻き付かせると、間髪(かんはつ)入れずに首をへし折った。

力の抜けたリザードマンの腕から落下しそうになったクロフィアは、通常形態に戻ったスキッドジャックのもう一つの触腕に助けられて再度腰を打たなくて済んだ。

一体のリザードマンが「シェー！」と号令を下し、一斉に突き出された剣や槍はスキッドジャックのクリスタルのような表皮に弾かれる。

スキッドジャックが体を傾けて頭頂部を振ると、運悪く間合いにいた数体のリザードマンが刃になったヒレに上下輪切りにされて水に落ちた。

近寄ろうとするリザードマンは、絡みつくスキッドジャックの触腕によって悉くくの字やへの字に折り曲げられる。ただの烏賊だと舐めてかかると、とんでもない目に遭わされる。とてもじゃないが敵わないと判断したリザードマンたちは、スキッドジャックから距離を取って警戒することにしたようだ。

しかし今度は頭上から火炎球や光の槍が幾つも降り注ぐ。

溶解液が落ち着くのを待って飛び下りてきたケーナの魔法だ。

その後からクロフも続いているが、【浮遊】がかかっているので着地までまだ時間がかかりそうだ。その視線は真っ直ぐクロフィアの方を向いていて、焦った表情が彼の心配具合を示している。

逃げ惑うリザードマンたちの鼻先に飛来した火炎球は、進路を断ち退路を断ち。一塊になって戸惑うリザードマンを纏めて焼き払う。

天井に開けた穴から下りてきて漸く着地したクロフは、烏賊から受け取った妹をお姫様抱っこする。怒濤の展開が続いているせいか、クロフィアは呆然としっぱなしだ。

「あー！　もう！　こんなに敵がいたかなあ！」

周囲に浮かべた一〇個の火炎球を纏めて投げつけ、片手の一振りで生み出した十数本の光の槍を機銃掃射のように撃ち出す。

爆発、爆発、爆発が瞬く間に十重二十重に囲んでいたリザードマンたちを駆逐していった。

あまりの一方的な展開に手持ち無沙汰になったスキッドジャックが、クロフたちの防御に回ったくらいである。

ただ、場所が場所なだけに盛大な水柱を吹き上げながらだったので、粗方片付け終わる頃には全員が水を被ってびしょ濡れになっていた。

リザードマンがほぼ全滅になり、動くモノがいないのを確認する。

この階層で色々と後始末をしてもいいのだが、あまり長く滞在すると再び魔物が生み出されてしまうのでとっとと移動することにした。

スキッドジャックに二九階層への階段を見つけさせてから送還する。

やっと水から離れられたので、全員に【乾燥】魔法をかけて乾かす。

この魔法は『干物で有名な漁村が長雨に見舞われて干物が作れない』という依頼を受け『魔法を探してから干物を乾燥させる』という珍妙なクエストから得て、その後使う機会もなかったものだ。

クエストに使った後はゲーム上用なしになる無用魔法の一つである。

ある意味ではケーナになってから、一番使っている魔法だろう。

今みたいに濡れた服を着たまま乾かしたり、洗濯物を雨の中室内で乾かしたり、ドライフルーツを作ったりと。

「何が役に立つか人生ホント分からないよね～」

『ソウデスネ』

苦笑して呟くとキーも呆れていた。

それはそれとして今一番言いたいことは、無謀な特攻を敢行したクロフィアへのお説教だろう。

ケーナも彼女に言いたいことが色々あるが、まずその役目はクロフが先である。

上から振り下ろされたクロフの拳骨(げんこつ)によって、このダンジョンで何度目か分からない衝撃を頭頂部に喰らったクロフィアは、正座させられてお説教中だ。

「分かっているのかお前はっ！　幾ら自分が不敬罪に近い罪を犯したと思っていても、その身をもって償えなどと誰が命じたかっ！　ケーナ様がお前を許している今、罪などないというのに、勝手に自己完結して罪を償う必要はないだろう！　お前はどうしていつもいつも同じことを繰り返すんだ！　俺がどれだけ心配したか分かっているのか！」

もう感情のままに、叱っているよりは叫んでいるほうが近い。クロフィアもいつも自然に近い姿勢で佇(たたず)む兄が、ここまで感情を露にするのを初めて見たらしく、目を見開いて驚いているようだ。

「あまり俺を……、心配、させる、なっ……」

「お、お兄、……さま」

最後はくしゃりと表情を歪め、クロフィアを抱きしめて男泣きである。

それに感情が引きずられたのか、恐怖の瞬間が過ぎ去って感極まったのか一緒になってクロフィアも泣き出してしまった。

ケーナもクロフ同様にクロフィアを心配していたが、無事だったので良しとする。

「しかし、結局私が一番ダンジョンを破壊しているような気がする……」

『二階層分ノ貫通ト、三階層分ノ貫通デスネエ』

一九階層と二五階層どちらにも小さくない穴を開けてしまっていた。

とても後でオプスにダンジョンの存続を続けるか聞く、なんて偉そうなことは言えない破壊魔っぷり。特殊装備を使っていなくとも【銀環の魔女】の面目躍如である。

この惨状を知ったオプスに、後からねちねちとお小言を言われそうな気がしてならないが、とりあえず最下層はすぐそこだ。

この二九階層は階段を下りたところに講堂のような空間が広がり、階段の対面側には通路が口を開けている。

おそらく何か待っているとしたら、この先だろう。

そしてここから先は、クロフたちには全く関係がないことだ。

「二人とも」

声をかけると抱き合ったままのクロフたちが顔を上げる。

そして自分たちの現状を自覚すると、気恥ずかしさからパッと離れてしまった。

その姿に「ふふっ」と笑みがこぼれたケーナは言葉を続ける。

「ここから先は私事だから、二人はここで休んでいるといいよ」

「お供は、しなくてよろしいのですか？」

「うん。ちょっと籠もっている馬鹿を引っ張り出してくるだけだから、そしたら一緒に帰ろう」

「……はい。お待ちしております。ケーナ様」

少し間があったがクロフは頷（うなず）いた。クロフィアは何か言いたそうに口を開くばかりで、結局言葉にすることはなかった。

通路の先はすぐ階段になっていた。

周囲の壁がぼんやりと光るやたらと長い下り階段が続き、終点には豪華な両開きの扉があった。

これだけなら最後のボス部屋のようではある。

そうではない理由として、扉の前に一人のエルフメイドが静かに立っていた。

彼女はケーナと視線を合わせると、下腹部の前に手を添え恭しく一礼する。

「お久しぶりでございます、ケーナ様」

「やっぱりサイレンね。元気そうじゃない」

お決まりの挨拶を交わし、とりあえず一番尋ねたい要件を口にする。

「貴女（あなた）の主はこの先？」

「はい、いらっしゃいます。その前にひとつ、イベントを受けて頂ければ、と」

「ボスに会うには中ボス戦を経過しろって？　オプスが立てたんだから厄介な企画（戦闘）なんでしょーね……」

「はい。我が主によれば、これも一つの通過儀礼ということですので。申し訳ありませんが、お願い致します」

「通過儀礼じゃあ、スキップはできないんでしょーよ」

ややウンザリ気味な顔で呟いたケーナは扉に向き直る。

肩に乗るクーはどうしようかと目を合わせると、なにやらガッツポーズと共に気合いを入れていた。

この場に残るという選択肢はないようだ。

サイレンも困った表情を浮かべて、再び一礼する。

それと同時に彼女の背後にあった両開きの扉が音も立てずにスーッと開く。様式美で言うならば「ゴゴゴゴゴ」と開くのが正解なのだろうが、そこまで拘（こだわ）るわけではないようだ。

扉の向こう側は屋内競技場くらいの広さを持つ、楕円形（だえんけい）の闘技場になっていた。

拳大（こぶしだい）の光があちこちに浮遊していて、中に進み出たケーナの足元に何重にも分かれる影を作り出している。

　最初に作った時にはこの階層の中央に、女神像のような物が鎮座していたはずだ。

　それをゴーレムとして動かす動かさないで、散々オプスと揉めたことを思い出す。

　今はその女神像は影も形もなく、入り口から見える対面の端に黒い人影が佇んでいた。

「もし、連れの二人が後を追ってきても……」

「はい。こちらで事情をお話しし、お引き止め致します。ご安心ください」

「そう？　じゃあ、よろしく〜」

　サイレンにクロフたちのことを頼めば、ケーナに後顧の憂いはない。何かしらの戦闘にあの二人を巻き込む心配がなくなったのが、この場の最良だ。

　後ろ手にひらひらと手を振って、奥に見える人影に向かって足を進める。

　背後で扉が音も立てずに閉まったが、それはもうケーナの知ったことではない。

　人影が見えた時から【サーチ】で確認しているが、対戦相手がレベル八〇〇強の悪魔だと判明しているからだ。

　幾らレベル三〇〇分の差があるといっても、後衛専門ステータスのケーナにとって、バリバリの前衛職相手はかなりの難敵である。

　先手必勝で遠距離から魔法を叩き込むという選択肢もあるが、オプスがチョイスした相手だということがどうにも引っかかっていた。

わざわざ目論見（もくろみ）に乗ってやる必要もないが、用心するに越したことはない。

各種戦闘用の戦闘パックⅠ（アクティブスキル）を起動させ、アイテムボックスからルーンブレードを二本抜く。

ゆっくりと間合いを測るように近付くと、相手の姿形がはっきりと視認できた。

「ガハハハハ！　ヌシが俺様の相手か？　我が名はドレクドゥヴァイ。オヌシに怨（うら）みはないが、我が主の命令は絶対。悪いが倒させてもらう」

「……魔界エリアの悪魔か！」

相手は黒い竜人族（ドラゴイド）だった。

一般的にプレイヤーが選択できる竜人族（ドラゴイド）より、頭三つ分ほど背が高い。

ただの竜人族（ドラゴイド）でない証拠に腕が六本あり、背中からは赤い突起が無数に生えていた。

翼か羽根に当たる部位がないのが救いである。この巨体で空を飛ばれると翻弄されるしかないからだ。

ドレクドゥヴァイと名乗った悪魔竜人族（ドラゴイド）は上腕二本でハルバードを持ち、下腕二本に片刃の曲刀（シミター）を一本ずつ装備している。中間の二本には何も持っていないため、途中で掴みかかって来るか、それともハンデとして使わないのかは分からない。

相手が相手なので通常の竜人族（ドラゴイド）よりは耐久力（VIT）や筋力（STR）が遙かに高い。パワーと打たれ強さはケーナの対極に位置するだろう。

「タチ悪いったらないわー」

「魔法使いといえど容赦はせぬぞ」

先に断ってくるところをみると武人気質のようだ。

ニヤリと赤い牙をチラつかせて嗤ったドレクドゥヴァイは、間髪入れず突っ込んできた。

巨体に似合わず滑るような動きに目を見張ったケーナは、ルーンブレードに注ぐ魔力を増やす。

大上段から叩き付けられたハルバードをギリギリでかわし、同時に突き出された左の曲刀をルーンブレードで受け流す。

右の曲刀だけは膂力に負けて受け流すまではいかず、左肩を浅く掠めていった。

ケーナが驚いたのは、ピリッとした痛みが走ったことだ。どうやらキーの障壁が機能していないらしい。

脳内でキーに尋ねてみるが、返答はなかった。

オプスのことだ。ケーナの能力は全て織り込み済みで、これに対する妨害も準備していたのだろうと思われる。

近接戦での不利はいつものこと。事前準備に抜かりはない。

低レベルとはいえ一〇〇人からなる混成プレイヤー集団に襲われた時よりは、まだマシな状況である。

「いきなりかぁ」

「フフン。降参するなら今のうちよ……ぬっ?」

ケーナは痛みを感じさせぬ動きで、バックステップして距離を取る。

ゆっくりと振り返ったドレクドゥヴァイはケーナの肩口の傷に満足して頷くも、怪我(けが)が白光に包まれて完治するのを見るとつまらなそうな表情になった。

「【常時回復(リジェード)】か。ならばそれ以上の斬撃で倒れるがよい」

「できれば遠慮したいな」

再び真っ向から突っ込んでくるドレクドゥヴァイ。

回避しようとしたケーナは下腕左右の曲刀が抱擁(ほうよう)のような軌跡を描いて迫るのを見て、回避から防御に切り替えた。逃げる場所が後ろしかなかったからだ。

あまり距離を開けると上腕のハルバードが充分な遠心力を含んで上から降って来る。

【魔法技能(マジックスキル)：load：炎裂弾(イア・ボム)】

曲刀の抱擁で串刺しになる未来は、重戦車の直撃を受けた軽車両のように大きく撥ね飛ばされてしまうことで回避できた。

対して突っ込んだ重戦車(ドレクドゥヴァイ)は胸の内側に生まれた爆発により、直線の進行から右に弾かれる。

ケーナはハルバードと左曲刀に対して受け流しを行い、右曲刀には魔法の爆発で対応したからだ。

数メートル地面と平行に吹っ飛んだケーナは、体を器用に回転させてルーンブレードを床に刺して急制動をかけ、軽やかに着地した。

ドレクドゥヴァイの方は爆発で少々たたらを踏んだくらいで、目立ったダメージはなし。

敵を見据えたケーナは続けざまに魔法を行使する。

【魔法技能(マジックスキル)：load：雷光よ薙ぎ払え(ボア・ル・ルド)】

「ヌオオオッ⁉」

ケーナから迸った数条の雷光は四方八方からドレクドゥヴァイに迫るも、半数は持っていた武器に払われて影響を及ぼしたのは二条くらいだった。

それですら巨体を揺るがすようなダメージには至らない。

「あんのクッソ馬鹿。魔法耐性の高い敵を用意してくれちゃって……」

「グフフフ。我は魔法使い殺しだからなあ」

やれやれと溜息を吐いたケーナは、ルーンブレードの片方をアイテムボックスに片付けると、イヤリングから如意棒を取り外して伸ばす。

片手で取り回しやすく長さを調整すると、ドレクドゥヴァイに向かって逆に突撃して肉薄した。

まさか魔法使い側から突っ込んで来るとは予想していなかったドレクドゥヴァイは目を剝(む)く。

交差して突き出された曲刀は、ケーナの「伸びろ」の呟きで伸長した如意棒に止められた。

ドレクドゥヴァイは棒如きは斬り飛ばしてやろうと思っていたようだが、ＥＸランク武器の如意棒に傷を付けるには運営並みの不条理さが必要である。

そして伸びた先端はドレクドゥヴァイの顔面を強打して、その体をよろめかせる。

その無防備になった腹部に【魔法技能(マジックスキル)：load：招雷激射(ザン・ラガ)】を叩き込んだ。

ケーナの周囲に集まった雷光が槍となって次々に射出される。無数の突撃を受けたようになったドレクドゥヴァイは後ろに滑るように離されていった。

「ゴオオオオオオオオッ！」

しかし途中で石畳に根でも張ったように動かなくなり、咆哮と共に背中と瞳と口から赤い光が噴射される。

突き刺さっていた雷光槍がかき消され、理性を失った赤い目がケーナを睨みつけた。

「うえっ【バーサーク】か！　やたらと不味(まず)い……」

肉体特化の権化、戦士系悪魔が使うと洒落(しゃれ)にならないスキルの【バーサーク】だ。

筋力と耐久力が倍以上まで上がり、精神や敏捷度(びんしょうど)が弱体化する。肉体的ガチンコ勝負を必須とするプレイヤーの最終手段だ。

その反面魔法には極端に弱くなり、効果が切れるまで戦闘状態が解除できないデメリットがある。しかし物理的ダメージが倍以上にまで跳ね上がるので、最終ボス戦のもうちょっとで倒せる、という場面では有効な手段だ。

この悪魔竜人族（ドラゴイド）の場合には体軀が更に膨れ上がり、筋肉が増す。

それと同時に武器の刃も肥大化して、攻撃範囲も威力も上がっているように見えるオマケ付きである。どうやら武装もこの悪魔とセットだったようだ。

「ええい、これだから悪魔ってのはっ！」

文句を言っても敵が手加減してくれるわけでもない。

構えなおした武装越しにドレクドゥヴァイの行動の開始を油断なく見極める。そんな覚悟を決めたとしても、ステータス上は不利になる一方だ。

「ゴオオオオオオオッ！」

「ツイ!?」

咆哮と共に飛び出した巨体の初速に辛うじて反応するも、音速を突破したんじゃないかという風切り音を立てたハルバードをスレスレで回避するのが精いっぱいだ。

避けたとしても、襲い掛かる風圧でさえダメージとしてケーナの皮膚を削っていく。

【短縮呪文（ショートカットキー）】に登録してある魔法を解放。

先程と同じ【炎裂弾（イア・ボム）】をいっぺんに十数発放ち、激しい爆発で敵諸共自身をふっ飛ばして距離を取る。……はずだった。

その爆発さえ物ともしない竜人が爆炎の中から姿を現し、ハルバードと曲刀を同時に薙ぎ払う。

「ゴオオアアアアアッ!!」

「ぐっ、あっ!?」

爆風と共に後ろに飛びのく用意をしていたので致命傷は避けられたが、それでも莫大な膂力で薙ぎ払われたケーナの体は、胸の部分と腹から腰にかけて斬撃が通過する。

壊れた人形のように吹き飛んで、地面を転がった。その軌跡を示すように血飛沫が床を染める。

傷付いたケーナの姿に目を細めると、ドレクドゥヴァイはグッグッと重い声で嗤う。

そもそも【バーサーク】していると会話もままならないはずだが、この辺りは技能を使っている悪魔についてもよく分からないので、そういうものだと思った方がいいだろう。

「痛イダロウ。苦シイダロウ。生ヲ諦メレバ楽ニナルゾ」

「…………」

倒れたままの状態で動かないケーナに声をかけたドレクドゥヴァイであったが、直後にその倒れた体から噴き上がった濃密な魔力に、怪訝な表情になる。

「……………痛い？　苦しい？　この程度で？」

ほんのりと白い光に包まれていたケーナの様子が一変したのは、そこからだった。

痛みなど我関せずといった、一切の表情が消えた顔でゆらりと立ち上がる。

逆再生でも掛けたかのように、傷が急速に塞がっていく。

ケーナの瞳には冷徹を超え、冷酷とも言うべき冷たい光が宿っていた。

彼女の脳裏に一瞬浮かび上がるのは、あの飛行機事故が起きた直後の惨劇の一幕。痛いも苦しいも気にならないほどの狂おしい悲しみに支配された一夜。

「本当にオプスは、人を怒らせるのがうまいというか、なんというか……」

【能動技能（アクティブスキル）：全ステータス極上昇（メガブースト）】

「ヌ？」

ケーナを体を蒼（あお）い燐光が包み、フルプレートにも似た蒼い鎧（よろい）が顕現した。

ある一定時間全能力値を数倍にするが、時間切れになると二四時間は能力値が半分以下になって弱体化する最終決戦用技能（奥の手）である。

「グオオオオオオオッッ!!」

何か悪寒を感じたのか、ドレクドゥヴァイはハルバードを振りかざして跳躍（ちょうやく）した。

ケーナを頭から真っ二つにせんと、大上段から落下速度と得物の重量任せで振り下ろす。

だがそれは表面に波打つ刃を装着した如意棒によって、ケーナの眼前で止められる。

【バーサーク】のパワーに任せてハルバードを押し込むも、拮抗（きっこう）は崩れもしない。逆にケーナに一瞥（いちべつ）を入れられたドレクドゥヴァイが、その眼光に嫌な予感がしてその場から離脱を試みようとするほど。

ケーナは右手に持っていたルーンブレードを後ろに投げ捨てて、如意棒を回転させながら蒼い燐光を溜めていく。

【戦闘技能（ウエポンスキル）：超回転衝撃（フルスイング）】

カッキ――――ン!!

「ハベッ!?」

ドレクドゥヴァイは間合いから逃れられそうな一歩手前で、蒼いオーラを纏った如意棒に超高速の打撃を食らう。某スポーツのような快音と共に、逃げようとした方向に打ち上げられた。

錐揉（きりも）みをしながら闘技場の壁に叩き付けられ、数センチめり込む。

しかしドレクドゥヴァイにとっては致命傷にも届かないダメージだったので、薄く嗤って壁から体を引き抜いた。その間にケーナは更なる魔法を行使する。

【特殊技能（エクストラスキル）：load：三重詠唱（トリプルスペル）：count start】

ワイヤーフレームの球体に包まれたケーナの肩部左右にそれぞれ『30』の文字が表示され、秒単位で減っていく。

つまりそれはどんな魔法を行使しようと、三〇秒耐えればいいだけだと判断したドレクドゥヴァイは、内心ほくそ笑む。とりあえず防御姿勢と考えたところで、真後ろからケーナに匹敵するとんでもない魔力を感知した。

驚いて振り返ると、そこにはドレクドゥヴァイから見て米粒のような妖精が直径一〇メートルはあろうかという紅（あか）い魔法陣を展開していた。

「クーも、怒る！」

「何ナンダコイツハッ⁉」

どう対処していいか分からずにハルバードを振り上げたドレクドゥヴァイは、予兆もなしに魔法陣から噴出した紅い矢印の光に呑まれる。

魔法陣に向けていた体の正面に突き刺さった紅い矢印の奔流は、その巨体を難なく持ち上げて急激に上昇。あっという間に天井に到達するとドレクドゥヴァイを叩きつけた。

「グ、グギャアアアアアッッ⁉」

巨体が天井に押し付けられても紅い矢印の勢いは止まらない。

そのまま硬いはずの表皮を突き破り、ドレクドゥヴァイを串刺しにしていく。例えるなら数百本の針がピンポイントに神経を断裂していくような激痛に襲われ、ドレクドゥヴァイは悲鳴を上げた。

矢印の拘束はすぐに解かれたが、ドレクドゥヴァイの受けたダメージは深刻である。

妖精のいた場所に目を向けるが、そこには未だに魔法陣が展開されたままになっていた。

後門は虎が控えていたか、と思ったドレクドゥヴァイだったが攻撃は始まったばかりである。

天井から落下するだけだと思っていたドレクドゥヴァイは、体が引っ張られる感覚に目を見張った。

クーのとんでもない攻撃に一瞬唖然としたケーナだったが、落下する巨体に手を向けて矢継ぎ早に【魔法技能（マジックスキル）：引き寄せ】を実行する。

重力に反して横向きに高速でカッ飛んだドレクドゥヴァイは【戦術技能（ウエポンスキル）：超回転衝撃（フルスイング）】によって、二度目の空中へ旅立った。しかも二度目は如意棒ではなく、灼熱（しゃくねつ）したトゲ付き鉄棒である。

一瞬ではあるが、焼きゴテを押し付けられたようなものだ。

ただでさえ全身流血状態にそんなものを押し付けられてはたまらない。

傷口を焼かれる痛みと共に放物線を描いて飛んだ弾（ドレクドゥヴァイ）は、障害物にぶつかる寸前に別ベクトル（ひきよせ）によって強引に軌道を変えられ、再びケーナの下へ戻る。

そして三度目の【超回転衝撃（フルスイング）】によって打ち上げられ、天井へと轟音（ごうおん）を立てて突き刺さった。

「グガ……」

後は落下する途中で【引き寄せ】られて【超回転衝撃（フルスイング）】で天井や壁に激突、の繰り返しだ。

時々援護射撃のように、クーから矢印での滅多刺しや塩水をぶっかける攻撃が飛んでいく。

傷口に塩をすり込む、を地で行く嫌らしい攻撃の仕方は誰に似たのか。愛らしい外見とは裏腹に、そこに一切の容赦はない。

【三重詠唱（トリプルスペル）】の効果時間が過ぎる頃には、ドレクドゥヴァイはボロ雑巾のような有り様になっていた。それでもまだ【バーサーク】は持続中であるし、虎視眈々（こしたんたん）と隙を狙う思考も健在だ。

ハルバードや曲刀は散々の打撃の末に折れたりして手元にはなくなっているが、素手でも小娘一人と妖精なら何とかなるだろうと踏んでいた。

その慢心も、ケーナが次に行使したスキルに脆(もろ)くも崩れ去った。

【特殊技能(エクストラスキル)：星の導きⅠ】

スキルマスターの強みというべき、幾つかある奥の手の一つだ。

【三重詠唱(トリプルスペル)】のような一日一回しか使えない限定技を、再度使用可能にするスキルである。

無論ⅠがあるのでⅡも存在する。こんなものを出されると数の理やステータスの差などのハンデは意味がなくなってしまう。

相手にするのが馬鹿らしくなってしまうほどの効果を振りまくので、ゲームだった頃は極力使わないようにしていたスキルだ。

しかしトラウマワードから怒髪天を衝く状態になっているケーナは、自重という言葉を捨てている。

唖然としたドレクドゥヴァイとは逆に、悪魔でさえも薄ら寒くなるような笑みを浮かべたケーナはワイヤーフレームの球体を再び纏うと彼に向かって、何回目か分からなくなった腕を伸ばした。

再開される打撃の惨劇と矢印の強襲、それがドレクドゥヴァイの最後の記憶であった。

「お疲れ様でしたケーナ様、お怪我の方は大丈夫ですか？」

「ふしゅるーふしゅるー」と興奮して息も荒いケーナへ優し気に声をかけてタオルを渡すのは、歩み寄ってきたサイレンである。その後ろにはクロフとクロフィアが続くも、その距離はだいぶ遠い。

どうやら途中から戦闘を見ていたようで、ケーナに対する緊張感が半端ないみたいだ。

【常時回復(リジェード)】のおかげで戦闘中には傷も塞がったが、マントや装備にはベットリと血が付いている。

肩にはこれまたすっきりとしたいい笑顔のクーが座り、機嫌良さそうに何かの鼻歌を奏でていた。

気分を落ち着けるためにケーナはゆっくり深呼吸をして息を整える。

オプスへの怒りを抑えきれないままコワイ笑顔で振り返った。

サイレンの背後の二人が「ヒイッ!?」と悲鳴を上げて硬直する。そちらには極力目を向けずにサイレンへアイコンタクトを飛ばす。

その凶眼は『さっさとオプスに会わせないと、どうなるか分かっているんでしょうね』と語っていた。

さすがのサイレンも、冷や汗を垂らして一歩後ずさる。

いつの間にか闘技場の対面に開かれていた扉を示し、「あちらへお進みください」と一礼した。

「また中々ボスとか控えてたりしないでしょうね？」

【全ステータス極上昇（メガブースト）】の効果が続行中なので、ステータスに底上げされた【威圧】などの威力は一般人なら泡を吹くほどである。

サイレンも倒れそうになるのを矜持で抑え、「嘘（うそ）は一切ありません」とニッコリと微笑んだ。

本人は微笑んだつもりだったが、第三者が見るとその表情はだいぶ引きつっていた。

憤慨したままのケーナは大股でそっちへ進み、ゆるくカーブする階段を下って闘技場の真下に位置すると思われる部屋へ到達した。

ダンジョンに潜る前は久しぶりの再会の挨拶をどうしようかと考えていたが、アレだけ激怒した後だとどんな理由もすっ飛ばして、一発殴らないと気が済まない。

静かな怒りを湛（たた）えて能面になった状態で、荒く扉を蹴り開けた。

戦闘中の【全ステータス極上昇（メガブースト）】の効果が未だに継続しているので、蹴り飛ばした扉は空中に舞ったところで粉々に砕け散る。威力が形になると益々怖いが、目撃者がいないのが唯一の救いだった。

まあ、これからその威力をその身で感じることになる犠牲者がいるのだが……。

「……んお？」

そこにいた。目的の懐かしい容姿の魔人族が。

相変わらず黒系の装備を好んで着ているらしく、頭から足まで真っ黒だ。

「ん？　……おお、ムグムグ。ケーナではない、ハグハグか。久しぶりじゃのう、モグモグ。息災であった、ゴックン、か？」

「………お、……プ、……スゥゥゥ」

彼の現在の姿勢がケーナという火種に、更なる起爆剤を突っ込んだ。

地獄の底から響くような恨みの募った声色のケーナは、歯をギリッと噛み締める。

再会の感動で言葉も出ないと勘違いしたオプスは首を傾けた。

「よく見たらお主、ボロボロではないか？　何かあったのかの？」

口調は心配そうだが、その態度はいただけない。

部屋のベッドに寝っ転がったまま、平たい菓子を口に咥えて喰いカスをシーツの上にぼろぼろと零している。

枕元にある紙袋から察するに、クロフたちが二三階層で遭遇したサイレンが地上で買ってきたものだろう。

そんなものを抜きにしても、オプスはもう少し真面目な態度で彼女に接するべきだったのかもしれない。

ケーナはというと、その時点ではただでさえ短い堪忍袋の緒が切れた。

「**叩き斬る**」

「ゑ？」

【魔法技能（マジックスキル）：load：古代神の遺産（エンシエントブレード）】

「ちょ……っ⁉」

ケーナの眼前に周囲から集まった燐光が集結し、光の棒が顕現する。

それを両手で握り締めた途端、光の棒の先に巨大なクリスタルが形成される。ブレードというには刃になる部分が全くないが、この魔法の肝はこれからだ。

光の棒の先に空中に浮く多面体のクリスタル。そこから少し離れたところに幅広の巨大な刀身がじわじわと形作られていく。

白く輝くその刀身は、直刀の根元部分しか見えなくて、その先は天井にめり込んでいた。刀身の部分だけでも幅は三メートルの厚さだ。

長さ一メートルの光の棒の先に人の頭ほどもあるクリスタル。その先の幅三メートルの刀身は部屋の天井を貫通して、二九階層の床からにょっきりと直立していた。

この時点で上の闘技場に待機していたサイレンとクロフ兄妹は、床を切り裂いて姿を現した光の化け物剣の先端部を見て、一層顔色が悪くなった。

サイレンが二人の手を取り「危険です！　逃げて！」と連れ出してくれなかったら、床と一緒になってバラバラに切り裂かれていただろう。

ケーナは問題の剣をゆっくりと振りかぶり、悪鬼羅刹（あっきらせつ）と化した表情をオプスに向けていた。

ケーナは感情を一切捨てた瞳のまま、未だ先端も見えない古代神の遺産（エンシエントブレード）をオプスの眉間目掛けて勢いよく振り下ろした。

　斬撃対象となったオプスは、顔を引きつらせてベッドの上から転げ落ちる。

　古代神の遺産(エンシエントブレード)の刀身は、天井を断ち壁を断ち、ベッドを断って床も難なく断ち切った。

　豆腐にでも刺し込んだナイフのように、構造的に最高硬度のはずの三〇階層の壁面を易々と斬り裂いていている。

「ちょっ、おまっ、何を考えておるっ⁉」

「やかましいっ！　人が苦労して苦労して苦労して苦労して苦労して苦労して苦労してっ！　ここまで来たのにィ　ア　ン　タ　と　き　た　ら　ぁ　・・・」

　返す刀でオプスをスライスするために、巨大剣を横に振るう。

　腹ばいになったオプスの頭から伸びる角に掠りつつ、部屋を斜めに両断する。

　ケーナに飛びかかって暴挙を止めようとしたオプスだったが、真横からの何かの射出音を聞いた気がして後ろに飛びのいた。

　横から飛来してズップシと音を立てて床にめり込んだのは、直径が丸太並みの紅い矢印だ。

　それの意味するところを察したオプスが矢印の根元を注視すると、魔法陣を展開して空中に浮く妖精の姿を捉える。

「げっ⁉」

「クーも、やる」

殺意満載なのはケーナだけではないらしい。

発した言葉も「殺る」だったのか「行う」だったのか。真意が分からぬまま何でも断ち切る斬撃に、一撃必殺の矢印攻撃が加わった。

「待て待て！　ちょっと待て！　弁明をさせるのじゃ！」

「べ〜ん〜め〜い〜？」

襲う側は闇のような人影に、爛々と輝く二つの瞳。どちらが善悪かなぞどうでもいいという捕食者の図、という言葉がふさわしい。

「だいたいこっちはお主に不具合が行かぬよう、陰になり日向になりサポートしておったのじゃぞ！」

及び腰で壁にぺったりと張り付いたままでは言い訳の格好にもなっていない。元が黒いので人型のGと言っても過言ではない姿だ。

「だったら日向にいればよかったじゃん。私一人が苦悩する必要なかったじゃん！」

「ぬう……」

それを言われるとぐうの音も出ない。

正論である。別に影に潜らなくてもサポートはできたはずだった。

「だから表立ってのサポートとして妖精をだなあ……」

「オプスの忘れ物だと思ったから、名前つける必然性すら思いつかなかったわよ！」

「……ぬう」

ちなみに、オプスが言い訳をするたびにケーナからの圧は上がっている。

冷静でない状態では、聞いて、考えて、納得する、という図式すらできていなかった。逆に火に油を注いでいるのに等しい。

「お主のストーカーをしとった貴族をだのう……」

「オ　プ　ス」

「な、なんじゃ……？」

「話はあとで聞くわ。ま　ず　は　一　発　殴　ら　せ　ろ　」

「せろー」

妖精の操る矢印もそうだが、ケーナの手にする剣は決して殴るのには向いていない。

般若ともいえるケーナの形相に、オプスは今は会話するだけ無駄だと悟った。

そして問答無用とばかりに、情け容赦なく、一片の慈悲も交えず、力任せに振り回される巨大剣。

壁と天井を斬り裂いて部屋諸共オプスを真っ二つにしかねない攻撃が、上階の闘技場も寸断する。

必死で逃げ惑うオプスを追って、三〇メートル級の剣と丸太のような矢印が、滅茶苦茶(めちゃくちゃ)な軌道を描いて襲いかかる。他の被害とか自分が生き埋めになる危険性とか、おそらく考えてはいないようだ。

五分と経たず二九階層と三〇階層は瓦礫の山と化した。

特別短編
クオルケの受難

「いらっしゃーい！」

腕を大きく開いて満面の笑みを浮かべ、ケーナは遠方からやってきた友人を迎える。

その楽しそうな様子に、迎えを受けた方も少しばかり笑顔になってそれに応えた。

「嬉しそうだな」

「地元、とは違うけれど家に人を招いて不機嫌になるようなこともないでしょ」

ちょっと口を尖らせてぶーたれた顔でそう返してやれば、相手は「違いない」と吹き出した。

「……それにしても」

出迎えを受けた片方、竜人族の戦士が視線を右から左につーと走らせる。

見ていたのはケーナの背後に広がる長閑な風景だ。

「なんにもないな」

「辺境の村に、何を過度な期待してんのよ」

ボソッと呟いたエクシズにケーナからジト目が飛んで来る。

森に囲まれた、静かでとりたて特産品もない村。一見すると大体そんな感じだ。

村の門をくぐるとまず目に入るのがラックス工務店の建物だろう。

入り口はいつでも開け放たれていて、こぢんまりとした日用品を売っている他に特徴的なのがもう一つの看板だ。

「……堺屋、出張、支店んんんっ!?」

看板を読んで目を剝き、声を上げたエクシズに続き、クオルケまでもが口をカパッと開けて驚いていた。

初めて村にやってくる人々はまず大半がこの看板に驚くため、工務店に住む面々は既に慣れっこになっている。

今も店番でカウンターの中にいるスーニャは、エクシズの驚愕する声に耳を貸さず、腕に抱えた服を繕う作業に没頭していた。

看板を指差し口をパクパクさせて驚くクオルケに、ケーナは苦笑いで返した。

「みんなおんなじ反応するんだもん。いい加減村の人も店員も慣れたわ」

「何で大店の支店がこんな村にあるんだよっ⁉」

「そんなのはケイリックに聞いてよ。私だって最初は寝耳に水だったんだから」

「おいおい……」

こっちこっちと案内するために歩き出すと、看板に後ろ髪を引かれながらもクオルケとエクシズがその後に続く。案内する先はマレールの宿屋である。

さすがにケーナの自宅の来客用の部屋も、竜人族が泊まれるほど大きくない。だったら最初から泊まれるところに案内した方が無難だろう。

てくてくと連れ立って歩きながら、ケーナは出会う村人たちと挨拶を交わしていく。

中には連れ立って歩いている二人を「お客さんかい？」と聞いてくる人もいて、その度に立ち止まって肯定し「冒険者の友人なんだ」と答えていく。

みんなが疑いもせず「そうかいそうかい。お客人、何もないところだがゆっくりしていってくれな」と言うのに二人はコクコクと頷いていた。

「ケーナもずいぶんと受け入れられているんだねえ」

「そうかなあ？」

「普通冒険者って言ったら、乱暴者だとか余所者だとかで警戒されるんだけどね……」

クオルケにしみじみと言われてケーナは考え込む。

村の人たちは最初から好意的だったため、そんな嫌な思いはしたことがない。

確認のためにエクシズを見ると、さもありなんとばかりに頷いていた。

「そんな人たちばっかりじゃないと思うんだけど」

「さてはお前、世間の荒波に揉まれたことがないな！　みんながみんな良い人だと思うなよ？」

二人に物凄く呆れられた視線を向けられてしまった。

そこまで力説するほどに強烈な体験をしたということなのだろう。何せこの世界の滞在期間は、殆どのプレイヤーがケーナよりも長い。

まあ、ケーナも騎士とか貴族の子息とか上から目線な相手に出会ったこともあるので、そんなのが他にもいる場合があるのは分かっている。

たぶん、記憶するのはケーナではなくてキーなのだが。

クーもふわっと外に出てきて、腕組みをしてケーナの肩の上でうんうんと頷いている。

妖精にも頷かれるって、どういうことなの？　ケーナはゲンナリした。

「それにしてもいきなりフレンド通信が来るから驚いたよ」

「ああ、まあそれはな。仕事で近くにいたからな」

「仕事？」

首だけ振り返ったケーナに、エクシズは頷いた。その後の説明はクオルケが続ける。

「東側の国境に砦を建てているんだが、その警備の仕事を受けてだな。一応交代で休みが取れるだけの人数もいる」

「ああ、このスカルゴが協議しに赴いたっていうヤツね……」

スカルゴの名前を出したところで、エクシズが「ん？」と思案顔になる。クオルケはそれに気付かず先を続けた。

「周りが森ばっかりで、一日休みが貰えても寝るか酒飲むかくらいしかやることがなくてね」

「それでこっちの村で暇を潰そうと思いついたと？」

「そうだ。前にお前がルカを連れていくという話をしていただろう。確か国境に近いと。兵士に話を聞いたら、フェルスケイロの東の辺境の村が近くにあると言ってたからな」

「それでか」とケーナが合点がいったと頷いた。

『そっちに遊びに行ってもいいか？』などという文面のフレンド通信が届いたのが、昨日の晩のことだった。てっきりエーリネの隊商か何かにくっついてきたのかと思ったのである。

「街道を旅してきたのかと思ったもん」

「それだったらもっと前に予定を聞くわっ！」

クオルケが突っ込んだところで「あはは」と笑ったケーナは、到着した目の前の建物を指差した。

「あれがこの村唯一の宿屋だよ」

正面の開きっぱなしの扉をくぐって、クオルケとエクシズを中に誘う。

二人が中に足を踏み入れたところで、カウンターで一休みしていたマレールに声をかけた。

「マレールさーん。お客さん連れてきました～」

ケーナの掛けた声に「よっこいしょ」と立ち上がったマレールと一緒に休憩していたリットが出迎えようとして、入り口すれすれの背丈のエクシズを見上げて口をぽかっと開けていた。

マレールはすぐ何でもない風を装って「ケーナの友達かい？　こんな何もないところによく来たねえ」と二人を中に案内する。

リットはちょっとの間だけ唖然（あぜん）としていたが、母親の後を追って動き出した。

マレールは宿帳に名前を書いている二人のうちエクシズを見ながら、申し訳なさそうにしている。

「そっちの竜人族（ドラゴイド）のお兄さんには、もしかしたらベッドのサイズが合わないかもしれないけど、大丈夫かい？」

「ああ、まあ度々あることだ。慣れているから気にしないでくれ」

「場合によっちゃあ床に転がすからね。大丈夫さ」

不自由な寝床の申告を受け入れるエクシズと、辛辣なクオルケであった。

横から口を挟んだケーナは「ベッドを二つ並べれば？」と提案してみる。しかし返って来た答えは苦笑と共に「並べるなら三つだな」ということらしい。

「大体俺らは仰向けに寝られないから」

「えっ、そうなの⁉」

そんな話はケーナも初耳だった。

ルカのいた漁村での野営の時は毛布にくるまった姿しか見ていないし、誰がどんな姿で寝ているという記憶もない。

「ほら竜人族（ドラゴイド）ってキャラクリの時に羽とか尾とか付ける奴（やつ）いるだろ。何もなくても後頭部にゴツゴツした突起とか角とかあるんで、人間のようには寝られねえよ」

自身の頭を指しているのを見れば納得である。

人ならば腹ばいになって寝るのもキツそうだが、竜人族（ドラゴイド）にしてみればそちらの方が寝やすいのかもしれない。

「二人とも一泊だけでいいのかい？」

「ああ」

「明日には国境の砦に戻るからな。今日は骨休めさ」

「だったら二人で一泊四〇銅貨だね」

「「へっ……」」

マレールに宿泊費を告げられた二人の目が点になる。思っていた通りの反応にケーナも苦笑いだ。

「やっすっ!?」

「え？　マジで。辺境ってこんなに安いの？」

だからといって辺境辺境と連呼しないでもらいたい。

イラッとしたケーナの気持ちを汲んだのか、肩から飛び立った妖精ちゃんがクオルケの後頭部に綺麗なフォームで飛び蹴りを叩き込んだ。

「いってえええええええっ!?」

音的にはぽすっというような軽さだったが、クオルケは頭を押さえて悲鳴を上げる。

痛みを堪えてしゃがみ込んだところで、妖精ちゃんが見えないマレールやリットの心配そうな視線がクオルケへ向かう。半分くらいは奇行っぽいと思われたのではないか？

「ちょっと大丈夫かい？　ケーナ、この人はなんか持病でも抱えてるんじゃないのかい？」

「……」

一度鼻先を蹴り飛ばされているエクシズは、今の惨劇を見て引きつった表情で固まってしまっている。

無理もない。何気ない攻撃がとんでもない激痛となって襲いかかるのだから。

今の会話のどこかにケーナにとって不快な単語があったのだろうと思ったエクシズは、「すまん」と頭を下げた。

「え、いや。エクシズが頭を下げることなくない？」

「何か今、お前にとって不快なことを口走ったのかもしれないからな。悪かった」

「なにそれ。ふふふっ、何が悪いのかも分からないのに頭を下げてどーすんのよ」

「真面目か」と噴き出してしまったケーナに釣られて、エクシズも笑い出す。自身を挟んで笑い出す友人を見上げながら、自分も笑った方がいいのかと思ったクオルケは、視界の端で拳(こぶし)に「はー」と息を吐きかける妖精ちゃんを見て、咄嗟(とっさ)に「許して！」と懇願(こんがん)する。

その滑稽(こっけい)な様子が呼び水になってマレールやリットも噴き出してしまい、宿屋の中には暫(しば)し楽しそうな笑い声が広がるのであった。

「あー、笑った笑った……」

半生分は笑ったかもしれないと呟くエクシズに、クオルケだけはげっそりと疲れた様子を見せていた。この場には二人の他にケーナやリットも同行している。

笑いが収まった後、部屋に荷物を置いた二人にマレールが風呂に行って来いと提案したのである。

「気分と埃っぽさをさっぱりさせてから、ウチの夕食を堪能しておくれ」と。

「マレールさんとこのご飯美味しいんだよねえ」

口元の涎をぬぐうような動作付きのケーナの発言に、クオルケとエクシズの二人は目を輝かせた。

「お！　ケーナがそこまで言うのなら期待できるのか？」

「久しぶりのまともな食事だぜ！」

「二人とも、普段はどういう食事事情なのよ……」

食いつき方が尋常じゃない二人の様子に、ケーナが呆れたように突っ込んだ。

「ケーナおねーちゃんも初めて泊まった時は、お腹いーっぱい食べてたよー」

「リットちゃん、それは言わない約束よ？」

味方だと思っていたリットに、この世界初日シークレットを突然暴露されたケーナが、時代劇のお約束のような言葉を使って懇願する。

意味の分かるクオルケとエクシズは「そんなことが」と苦笑い。

意味の分からないリットはキョトンとしていたが、何かに気付いたように進行方向に向けて手を振った。

「ん？」

「あ、ルカだ」

「……おいおい、ケーナんところの猫耳執事メイドも揃ってんのかよ」

辺境の村共同浴場の前には、タオルと着替えの入った袋を抱えたロクシリウスとロクシーヌ、それとルカがいた。偶然にもこれから風呂へ入るようだ。

リットがルカのところへ駆けていき、ロクシーヌはＧでも見るような侮蔑交じりの視線をケーナの後ろに続く二人に投げかける。

ロクシリウスは二人と面識があるので、恭しく頭を下げていた。

「シィもルカを連れて来たんだ？」

「はい。そちらの泥猫の汚れを落とすついでに」

猫耳と猫耳の間の空間にヒビが入った気がしたが、いつものことなのでケーナは気にしていない。不意に空間を満たす嫌味と殺気の応酬に、敏感に反応したのはクオルケだけだ。

エクシズはそんなクオルケの肩を叩いて「気にすると巻き込まれるだけだから放っとけ」とだけ助言をする。ロクシーヌはレベル五五〇なので、レベル四三〇のクオルケにとっては格上だ。

「ロクスは今日は見回りだったんでしょ？」

「はい。しかし、畑仕事を手伝ったりはしました」

「……それでか」

だからといってロクシリウスは、泥猫とまで呼ばれるほどは汚れてはいない。

更に突っかかろうとしたロクシリウスは、ルカに尻尾を掴まれて怒られていた。しおしおである。そんな二人を見ていたエクシーヌの方は、ルカ、強くなったんだなあ」と感慨深そうに呟いていた。


さてそれではと、男湯と女湯に分かれて暖簾をくぐろうとしたところでひと悶着あった。

クオルケが自然に男性側へ足を踏み入れようとしたからである。

「ちょっちょっちょっちょっ！　クオルケはこっちでしょ！」

「え？　え？　ええええええっ⁉」

エクシズとロクシリウスの後に続こうとしたクオルケだったが、早々に気付いたケーナによって女湯側に引っ張り込まれた。

当人はそれが不思議とでもいうように困惑した状態だ。

「だめだよーおねえちゃん。あっちは男の人だけしか入れないんだよ」

「うん。……おんなの、こは、あっち、……はいった、らダメ」

「全く、いくら冒険者と言えど、慎みくらいは持ちなさい」

子供二人に正論を説かれ、ロクシーヌからは睨(にら)まれる。

「……あ」

そこまでいって漸(よう)くケーナは、クオルケがネカマだったことを思い出した。

「思い出してくれたか！」

「うん。でも諦めて」

「……え？」

精神は男性でも外側は女性だ。見られても何の問題もない、はずだ。それに女性としてしか生きられない以上、こういったことは早めに慣れさせた方がいいとケーナは勝手に判断した。

すぽーんと少女二人が服を脱ぎ捨てて脱衣所を出ていく。これはまだいい。

「あ、お待ちくださいルカ様」

その後を追うようにしゃらりと優雅な仕草でロクシーヌが服を脱ぐ。クオルケは真っ赤になってその裸体から目を逸(そ)らした。正直尻尾の付け根とかの神秘を確認したい気持ちもあったが、理性の方が勝ったようだ。

ロクシーヌが脱衣所を出ていくと、緊張しっぱなしの肩を落としてふかーい溜息(ためいき)を吐くが、目の前で自分の服に手を掛けたケーナを見て硬直する。

「ふっふっふ。見たい？」

「い、いや……」

視線を逸らした先にケーナが回り込み、クオルケが更に視線を逸らし、更に回り込み、逸らし、といった攻防が延々と続けられる、かに見えた。

そこでもう一人、この場に不可欠な女性が割り込んできた。

「あ！　ケーナさーん」

「ミミリィ」

「皆さんでお風呂へ入ると聞きました。私も交ぜてもらってもいいですか？」

自室兼洗濯部屋の扉を開けて、滑るようにやって来たのは人魚のミミリィだ。

その動きを見て水族館のショーのアシカみたいだな、という感想を抱いたケーナはそれをおくびにも出さずに「いいよ」と了承する。

人魚のミミリィの場合、上半身の胸当てというか水着のトップスを外せばもう全裸という状態である。

だがクオルケの場合は相手が人魚という種族なのはさて置いて、その抜群の美貌と完璧なプロポーションを目にした途端に「ブホッ!?」と噴き出した。

「あら、こちらはお客様ですか？」

そんなクオルケの奇行に、ミミリィは首を傾(かし)げて不思議に思うくらいだ。

「うん。冒険者友達のクオルケ。恥ずかしがり屋でさあ。中々服を脱がないんだ」

「ちょっ!?」

いきなりいらん設定を付けたされたクオルケが動揺するも、笑顔のミミリィは「じゃあお手伝いしますわ」と快くクオルケの脱衣を手伝ってくれるそうだ。

ケーナが軽い麻痺(まひ)攻撃でクオルケを痺れさせ、二人掛かりでクオルケの装備を脱がそうと四苦八苦する。

精いっぱいの抵抗を続けるクオルケに業を煮やしたミミリィが、下半身を絡ませて拘束した。

「チャンスよ、ミミリィ！」

「えいっ！　観念しなさい！」

「「……あ」」

何故(なぜ)かはらりと落ちたのはミミリィのトップスの方で。

「◎△$♪×¥?!●&%#!?」

それを真っ向から目撃してしまったクオルケはというと、顔を真っ赤に、目をグルグルと回して卒倒してしまった。

「えーと？」

「初心か……」

悲鳴を聞きつけて脱衣所に飛び込んできたロクシーヌは、困惑しているミミリィと遠い目をしたケーナの様子に何があったのか全く理解できなかった。

男湯の方でそれを聞いていたエクシズはというと、女湯の方に向かって黙禱(もくとう)と敬礼を捧(ささ)げていたという。

ロクシリウスも主に嫌われたくないので、異変が起きたとしても女湯に飛び込むのは憚られるということで、聞こえなかったフリを貫き通していた。

クオルケはというと卒倒した状態のまま、共同浴場から宿へ運び込まれた。のちに部屋に閉じこもった状態で一晩過ごし、人目を気にしながら翌日国境の方へと帰っていったという。


どっとはらい。

登場人物紹介

WORLD OF LEADALE

Character Data

5

Character Data

サイレン

オプスの召喚メイド。

550Lv。殴り魔導士。


基本誰にでも丁寧な態度を心がける優しいお姉さん。

ただ主人であるオプスにだけは、容赦のないツッコミをこれまた容赦のない威力でド突く鬼である。

それ以外では優しい笑みを絶やさない聖母みたいな対応を取る。

実はオプスの裏技によって強化されているため、レベルと実力が比例しない。

Character Data

隠れ鬼

スキルマスターNo.12、
Lvは800台。

守護者の塔は天に浮く日本庭園つき和風建築。

人とつるむことが少なく、ゲームでは主にソロでのみ活動をしていた。

お供はNPCの妹たちオンリーである。

中の人は老後の趣味で始めたご老人で、課金の里子システムに108人の妹を設定したつわものである。

スキルマスターたちにはおじいちゃんと呼ばれていた。

あとがき

こんにちは、こんばんは、おはようございます。作者のＣｅｅｚ（シズ）です。

本日は『リアデイルの大地（だいち）にて』五巻をお買い上げ頂き、誠にありがとうございます。

今回の話は戦闘の連続。ここまで密に戦闘シーンが固まっているところなんてもうありませんよ！

相変わらず戦闘シーンは書き方が下手です。楽しみにしていた皆さま、あっさりめで終わってしまってごめんなさい。

この巻はＷｅｂ版でいうところの三九話から四五話に当たります。加筆修正も修羅場の中で行ったので、Ｗｅｂ版とはまた違った箇所がちらほらと増えました。

そしてこの小説のもう一人の主人公とも言うべき、オプスがようやく登場致しました。いやー、長かったですね。某宇宙戦闘用変形ロボット並みに遅い登場ですよ。

ちょくちょく裏で暗躍はしていたのですが、表に出てくると口以外まともに働いてくれないという問題児でもあります。放っとくと動くんですけれども、動くまでのプロセスが長いのが難儀なところです。

そして今回は超遅筆な上に、文章とイメージがどうしても噛み合わなくて、編集様や校正様やイラストレーターのてんまそ様にも多大なご迷惑をかけてしまい、本当に申し訳ありませんでした。

提出してからずっと猛省しております。次こそは必ず。

今回の表紙は亀中心なので茶色、と勝手に想像していたのですが緑色。てんまそ様の美麗イラストには頭が上がりません。担当編集者様、関係者の皆様、コミック担当の月見（つきみ）だしお様にも多大な感謝を。出版に携わってくださった皆様にも感謝を捧げます。ありがとうございました。

Ｃｅｅｚ

4巻ぶりです。てんまそです。
今回は個人的にはよ描きたいと思っていた
サイレンさんが登場しました。
迷わずド直球に普通のメイド服にしてみましたが、
OKだったので一安心でした。
はよカラーでも描きたいですね。
まそぷ

リアデイルの大地にて5

2020年8月28日　初版発行
2021年12月10日　再版発行

著　者　Ceez
イラスト　てんまそ
発行者　青柳昌行
発　行　株式会社KADOKAWA
〒102-8177 東京都千代田区富士見2-13-3
電話 0570-002-301（ナビダイヤル）
編集企画　ファミ通文庫編集部
担　当　和田寛正
デザイン　横山券露央、小野寺菜緒（ビーワークス）
写植・製版　株式会社オノ・エーワン
印　刷　凸版印刷株式会社

[お問い合わせ]
[WEB]https://www.kadokawa.co.jp/（「お問い合わせ」へお進みください）
※内容によっては、お答えできない場合があります。
※サポートは日本国内のみとさせていただきます。
※Japanese text only

 ISBN978-4-04-736220-8 C0093

定価はカバーに表示してあります。

航宙艦が墜落した先は——
剣と魔法の世界!?
KADOKAWA
eb! enterbrain

昏き宮殿の死者の王
槻影
メロントマリ
著:槻影 イラスト:メロントマリ
B6判単行本 KADOKAWA/エンターブレイン 刊
STORY
病に苦しみ、命を落とした少年が再び目覚めた時——彼は邪悪な死霊魔術師【ネクロマンサー】の力により、最下級アンデッドと化していた。念願の自由な肉体を手に入れ歓喜する少年エンドだが、すぐに自らを支配するものが病から死霊魔術師に代わっただけであるという事実に気づく。彼は真の自由を勝ち取るために死霊魔術師と戦うことを決意するも、闇に属する者をどこまでも追い詰め、滅する事に命を賭ける終焉騎士団もまた彼の前に立ち塞がり……!?
「勝つのはロードでも終焉騎士団でもない。——この僕だ」

昏き宮殿の死者の王

KADOKAWA enterbrain

針と蜘蛛と精霊で織りなす
幻想的な異世界裁縫
ファンタジー。
針子の乙女
HARIKO NO OTOME
[はりこのおとめ]
Zeroki Presents
Illustrated by Miho Takeoka
著＝ゼロキ
Illustration
竹岡美穂
絶賛発売中！
B6判単行本
KADOKAWA／エンターブレイン刊
KADOKAWA
enterbrain

エステルドバロニア

著：百黒 雅　イラスト：sime

B6判単行本 KADOKAWA/エンタープレイン 刊

最強の魔物国家を統べるは人間の王！

非力な王の苦悩の物語が今始まる!!

STORY

VR戦略シミュレーション『アポカリスフェ』の頂点に君臨する男はある日、プレイ中に突如として激しい頭痛に襲われ、意識を失ってしまう。ふと男が目を覚ますと、そこはゲーム内で作り上げてきた魔物国家エステルドバロニアの王城であり、自らの姿は人間でありながら魔物の王である"カロン"そのものだった。このゲームに酷似した異世界で生きていくことを余儀なくされたカロン。彼は強力な魔物たちを従える立場にありながら、自身は非力なただの人間であるという事実に恐怖するが、気持ちを奮い立たせる間もなく国の緊急事態に対処することになり……!?

特別短編

『王の知らなかった彼女たち』収録!

KADOKAWA

enterbrain